Du même auteur

La belle mortelle de Samson (Vampires Scanguards - Tome 1)
La provocatrice d'Amaury (Vampires Scanguards - Tome 2)
La partenaire de Gabriel (Vampires Scanguards - Tome 3)
L'enchantement d'Yvette (Vampires Scanguards - Tome 4)
La rédemption de Zane (Vampires Scanguards – Tome 5)
L'éternel amour de Quinn (Vampires Scanguards – Tome 6)
Les désirs d'Oliver (Vampires Scanguards – Tome 7)
Le choix de Thomas (Vampires Scanguards – Tome 8)
Discrète morsure (Vampires Scanguards – Tome 8 1/2)
L'identité de Cain (Vampires Scanguards – Tome 9)
Le retour de Luther (Vampires Scanguards – Tome 10)
La promesse de Blake (Vampires Scanguards – Tome 11)
Fatidiques retrouvailles (Vampires Scanguards – Tome 11 ½)
L'espoir de John (Vampires Scanguards – Tome 12)

Séduisant (Le Club des éternels célibataires – Tome 1)
Attirant (Le Club des éternels célibataires – Tome 2)
Envoûtant (Le Club des éternels célibataires – Tome 3)
Torride (Le Club des éternels célibataires – Tome 4)
Attrayant (Le Club des éternels célibataires – Tome 5)

Fatidiques retrouvailles

(Les Vampires Scanguards – Tome 11 1/2)

Tina Folsom

traduit de l'américain

POUR MARK

1

Il n'y avait pas grande activité dans le salon V, là où les employés de Scanguards aimaient se détendre entre leurs gardes, retrouver leurs collègues et apprécier un verre de sang gratuit. Et c'était ce dont Roxanne avait à présent besoin. Se relaxer après une ennuyante patrouille de huit heures à travers le quartier de Laurel Heights où il ne s'était absolument rien passé. De telles patrouilles la déstabilisaient, lui donnaient l'impression d'avoir négligé quelque chose.

Elle préférait se frotter à quelques délinquants, les remettre sur le droit chemin en leur faisant une peur bleue plutôt qu'errer dans les rues sans rencontrer le moindre incident. Lorsqu'elle s'occupait de criminels et s'assurait qu'aucun d'eux ne fît de mal à quiconque, elle avait l'impression d'avoir un but. C'était la raison première pour laquelle elle s'était fait embaucher en tant que garde du corps.

Si seulement Gabriel Giles, son patron et chef en second au sein de Scanguards, pouvait lui attribuer une mission convenable. Mais, en ce moment, tout semblait visiblement tourner au ralenti. Aucune convention en ville, aucune visite VIP, aucune menace. Et, dès lors, aucun nouveau client à protéger, ce qui signifiait que chaque garde du corps non occupé à protéger un client devait patrouiller.

Elle avait tiré la courte paille et avait été assignée à un des quartiers les plus sûrs, alors que des gardes du corps plus jeunes et moins expérimentés avaient hérité des quartiers juteux de SOMA ou Bayview, là où l'action était garantie.

Mais c'était les jumeaux d'Amaury, tous deux toujours en formation et chaperonnés par des gardes du corps accomplis comme John et Haven, qui s'étaient vu confier ces quartiers. Si cela ne ressemblait pas à du népotisme, alors elle ne savait pas ce que c'était.

Toujours en train de ronchonner, elle commandait un verre de O-Négatif au bar lorsqu'elle aperçut Thomas lui faire signe de le rejoindre dans le confortable espace salon face à la cheminée. Oliver, assis face à lui dans un fauteuil, regardait par-dessus son épaule.

— Salut, Roxanne, la salua Oliver.

Elle attrapa le verre de sang sur le comptoir du bar, remercia le barman d'un hochement de tête et se dirigea vers les deux hommes. Elle avait toujours aimé Thomas, ce motard passionné et informaticien de génie qui, avec son compagnon Eddie, dirigeait les opérations informatiques de la compagnie.

— Salut les gars, les salua-t-elle en s'approchant des fauteuils. Qu'est-ce que vous faites ?

— On parle juste de Wesley, dit Thomas en souriant.

Elle haussa les épaules. Wesley n'était pas vraiment son employé favori au sein de Scanguards. Et le fait qu'il fût parti lui convenait parfaitement.

— Hum.

— J'espère qu'il va bien, dit Oliver, visiblement inconscient du désintérêt de Roxanne à ce sujet. Honnêtement, j'espère que Samson a insisté pour qu'il emmène l'un de nous pour le protéger. Nous n'avons aucune idée de ce à quoi nous avons affaire avec ces Gardiens de la Nuit. Personne ne sait qui ils sont.

— Haven et Wesley ont fait le maximum de recherches les concernant. Mais il n'y avait pas grand-chose, admit Thomas. Tout ce que nous savons, c'est qu'ils sont des créatures surnaturelles et qu'ils peuvent, d'une manière ou d'une autre, voyager par le biais de portails.

— Comme des vortex ? demanda Oliver.

Thomas haussa les épaules.

— En quelque sorte. Et qui sait quelles autres aptitudes ils possèdent. Après tout, le gars que Wesley a pourchassé n'est pas intervenu quand nous avons arrêté ces escrocs de vampires.

— Pas plus qu'il ne nous a attaqués, dit Oliver. Et pourtant, j'aurais aimé que Wesley emmène l'un de nous avec lui pour le protéger.

Roxanne souffla d'un air désapprobateur.

— Je suis d'accord avec Samson. Pourquoi mobiliser un très bon vampire pour protéger un sorcier ?

Thomas haussa un sourcil.

— Je ne savais pas que tu n'aimais pas Wes. Lui, il t'aime bien.

Elle l'avait également remarqué, mais avait fait de son mieux pour le maintenir à distance. Sa mâchoire se crispa.

— Je n'ai rien contre lui personnellement.

— Personnellement ? demanda Thomas. Je veux dire, je sais que les vampires et les sorciers sont ennemis jurés. Vieilles querelles et tout le reste. Mais c'est différent au sein de Scanguards, et je pensais que tu le savais. En définitive, c'est juste un préjugé qui est à la base de ces querelles. C'est de l'histoire ancienne. Nous sommes au-dessus de ça.

Roxanne déglutit, consciente que Thomas, plus que quiconque pour en avoir fait les frais dans sa jeunesse, savait ce qu'étaient des préjugés. Dans une Angleterre victorienne, il avait été rejeté en raison de son homosexualité.

Mais l'aversion de Roxanne pour les sorciers n'était pas due à une idée reçue. Elle aurait aimé qu'il en fût ainsi. Son cœur n'aurait alors plus à saigner à chaque fois qu'elle se remémorait son passé lorsqu'elle était confrontée à l'un d'entre eux. Ceci ne regardait toutefois personne à part elle.

— Eh bien, il ne me manquera pas s'il ne revient pas.

Oliver dodelina légèrement de la tête.

— Tu ne trouves pas que c'est un peu dur ?

Il échangea un regard avec Thomas avant de poursuivre.

— Ne te méprends pas, Wes m'a tapé sur les nerfs plus d'une fois, et nous nous sommes disputés, mais c'est un bon gars. Au bout du compte, il surveille tes arrières.

Une main glaciale enserra le cœur de Roxanne au point d'en avoir mal.

— On ne peut jamais faire confiance à un sorcier, quoiqu'il promette. *Aussi fort puisse-t-il clamer t'aimer.*

— Je suis désolé de l'entendre, Roxanne, dit Thomas, son visage arborant un air pensif.

— Si tu veux— poursuivit-il en se passant une main dans sa chevelure blonde.

Le bip du portable de Roxanne la sauva.

— Excusez-moi.

Elle sortit le téléphone de sa poche et y jeta un œil. En lisant le texto, elle soupira.

— Gabriel a besoin de moi. On se voit plus tard, les gars.

Elle sortit pratiquement en trombe du salon V, laissant son verre de sang intact sur la table jouxtant la sortie. Une fois dans le couloir, elle prit l'ascenseur jusqu'au troisième étage, là où on accueillait les nouveaux clients. Lorsqu'elle sortit de celui-ci, elle se heurta presque à Gabriel qui arrivait depuis l'autre bout du couloir, là où se trouvaient les escaliers.

— Oh, te voilà, dit-il en hochant la tête.

— Ça avait l'air important.

— Je pense que ça l'est.

La grande cicatrice qui ornait son visage depuis l'oreille jusqu'au menton semblait palpiter. Ses épais cheveux brun foncé étaient attachés en queue de cheval au bas de sa nuque. Il désigna la porte d'une des petites salles de conférence.

— J'ai besoin d'une intuition féminine, ajouta-t-il.

Roxanne soupira. Super, il ne s'agissait donc pas d'un nouveau client pour elle, mais juste de donner son avis à Gabriel.

— À quel sujet ? demanda-t-elle en refoulant sa déception.

— Un client potentiel nous a approchés. Il ne dit pas grand-chose de plus que vouloir une protection. Il demande quatre gardes du corps et exige qu'au moins l'un d'entre eux soit une femme.

— Quatre ? Qui est-il ? Le président des États-Unis ? plaisanta-t-elle. Même les politiciens en vue se voient rarement assigner plus de deux gardes du corps, à moins qu'une menace crédible n'existe à leur encontre.

Gabriel ne rit pas.

— Je n'ai aucune idée de qui il est, ni d'où il vient. Eddie a déjà encodé son profil dans le système…

— Et ?

— Rien. Absolument rien. Comme s'il n'existait même pas.

— Eh bien, s'il n'existe pas, je ne vois pas pourquoi il a besoin de protection.

Elle lança quelques mèches de ses longs cheveux auburn derrière l'épaule.

— Tu as ta réponse, ajouta-t-elle. Refuse. Si c'était tout ce dont tu avais besoin, je te verrai plus tard.

— Ce n'est pas pour ça que je t'ai demandé de monter.

Roxanne s'arrêta et haussa un sourcil.

— Pour quoi alors ?

Gabriel pointa la porte du doigt.

— Je veux que tu te joignes à moi quand je le questionnerai plus amplement. Tu comprends, pour mieux le cerner.

— Depuis quand as-tu besoin de moi pour cerner un client ?

— Eh bien, normalement, étant donné les circonstances, je demanderais à Wesley de m'assister.

Il haussa les épaules.

— Mais puisque Wes a décidé de chasser des fantômes, j'ai pensé que l'autre personne la plus appropriée serait une femme dotée d'une intuition aussi pointue que la lame d'un couteau.

À ce compliment, Roxanne sentit sa poitrine se gonfler de fierté. Ici, chez Scanguards, elle était estimée. Respectée. C'était quelque chose qui lui avait manqué par le passé Mais tout cela était derrière elle. Elle avait commencé une nouvelle vie, loin de l'ancienne. Si seulement elle pouvait définitivement tirer un trait sur son passé, elle serait heureuse. Mais en dépit des nombreuses années qui s'étaient écoulées, certains souvenirs refaisaient sans cesse surface.

— Alors, prête ?

La voix de Gabriel l'extirpa de ses pensées.

— Bien sûr, après toi.

Son patron ouvrit la porte de la salle de conférence et entra dans la pièce. Elle le suivit et laissa errer les yeux. Un homme leur tournait le dos, observant la sombre nuit à travers la fenêtre. Roxanne referma la porte derrière elle et inspira. Immédiatement, elle capta quelque chose : l'homme n'était pas humain. Pas plus que vampire. C'était un sorcier. Pas étonnant que Gabriel eût souhaité la présence de Wesley. Maintenant, elle comprenait. Visiblement, même Gabriel ne faisait pas totalement confiance à un sorcier.

— Monsieur Dubois, dit Gabriel. Pouvons-nous poursuivre notre conversation ?

— J'étais juste en train d'admirer la vue, dit le grand étranger en se retournant. Conti—

Son regard se posa sur Roxanne, et il en perdit ses mots.

Tout comme Roxanne se vit dépourvue de tout ce qu'elle avait en elle. Son cœur s'arrêta, son souffle se précipita hors de ses poumons, et tout son sang lui glaça les veines comme si elle était tombée dans une cuve d'azote liquide.

Cela aurait peut-être représenté une meilleure option que celle d'avoir à faire face à cet homme et d'avoir le cœur brisé, une fois de plus.

— Charles.

Ce mot fit son chemin entre ses lèvres paralysées, exprimé par le dernier souffle d'air auquel son corps tentait de se raccrocher.

2

— Roxanne.

Il s'était préparé à ce moment depuis qu'il avait découvert où elle vivait à présent. Mais le fait de la voir le surprit toutefois.

L'avoir devant lui était comme un rêve. Un rêve semblable à tous ceux dans lesquels il l'avait revue, l'avait, une fois de plus, regardée dans le gris de ses yeux et était tombé sous son charme. Car même les vampires pouvaient lancer des sorts. Roxanne l'avait fait, vingt-trois années plus tôt. Elle l'avait capturé corps et âme, privé de tout intérêt envers d'autres femmes et lui avait fait regretter, nuit et jour, ce qu'il avait fait. Ce qu'il avait eu à faire afin de tous les protéger.

Il ne l'avait sciemment pas recherchée après cette nuit fatidique durant laquelle il avait dû la quitter. Le destin l'avait lesté d'une responsabilité à laquelle il n'avait pu se soustraire. Mais, bientôt, il serait déchargé de son devoir et serait à nouveau libre. Il pourrait, alors, tenter de se racheter aux yeux de Roxanne et espérer son pardon.

Roxanne était exactement comme dans ses souvenirs. Ses cheveux auburn lui tombaient toujours devant les épaules, caressant ses mamelons lorsqu'elle était nue. Ses lèvres rouges étaient pleines, dodues et l'appelaient à l'embrasser. Un pantalon serrant noir recouvrait ses longues jambes, accentuant leur grandeur. Il ne se souvenait que trop parfaitement bien de la manière dont elle avait enroulé ces jambes autour de lui en le pressant de la prendre plus violemment. La force de vampire de Roxanne avait été la plus grande excitation qu'il eût jamais expérimentée. Mais en dépit de l'écrasante force physique de Roxanne, ils avaient toujours été égaux. Et tout cela parce que, dans ses bras, elle s'adoucissait, s'abandonnait et ronronnait comme un chaton apprivoisé à chaque fois qu'il la faisait jouir. C'était durant ces moments qu'il avait vu son âme et avait réalisé qu'il ne se libèrerait jamais de son emprise. Elle lui avait volé son cœur.

Mais à présent, à en juger par le regard furieux de Roxanne, ce même cœur courait le danger d'être arraché de sa poitrine.

— Je vois que les présentations ne sont pas nécessaires, dit le patron de Scanguards, la voix teintée d'une question implicite.

Mais Charles ne laverait pas son linge sale devant un vampire qu'il venait juste de rencontrer une demi-heure plus tôt. Ceci était entre Roxanne et lui. Entre l'amour de sa vie et lui.

Charles ouvrit la bouche, mais n'eut pas l'occasion de prononcer le moindre mot.

— Comment oses-tu te pointer ici ?

Ce n'était pas vraiment un accueil chaleureux. Il ne pouvait toutefois pas l'en blâmer. Mais entendre une telle fureur dans la voix de Roxanne et voir ses yeux rouges, tandis qu'elle avançait, résolument déterminée d'un pas raide vers lui, signifiait que le temps n'avait pas guéri la blessure qu'il avait laissée derrière lui.

— Toi, espèce de sorcier dégueulasse, fourbe, bon à rien et menteur ! Et dire que je t'ai fait confiance par le passé !

Elle plissa les yeux au moment même où ses canines s'allongeaient et dépassaient d'entre ses lèvres entrouvertes.

Le pouls de Charles accéléra au double de sa vitesse normale. La peur n'était toutefois pas à l'origine de cette réaction. Il avait toujours aimé les morsures de Roxanne, toujours aimé la connexion qu'il ressentait avec elle lorsqu'elle venait loger ses canines dans son cou afin de boire son sang. Et même maintenant, tandis qu'elle s'approchait, chacun de ses pores recrachant la plus pure des haines, il ne pouvait réprimer le frisson qui lui parcourait la colonne vertébrale à la simple pensée de sentir une dernière fois ces canines dans sa chair. S'il n'avait pas juré de respecter sa promesse et de remplir son devoir, il l'y aurait autorisée. Mais il y avait trop de choses en jeu. Mourir dans les bras de Roxanne et payer pour ce qu'il lui avait fait n'était donc pas une option.

Il leva une main et souffla de l'air en direction de la jeune femme, l'arrêtant subitement dans son approche. Roxanne fut repoussée par cette barrière soudainement sortie de la bouche de Charles.

— Ne fais rien que tu ne puisses regretter, Roxanne, la prévint-il.

— Je ne vais pas regretter de te mettre en pièce, espèce de salaud ! dit-elle entre les dents tout en poussant sur la barrière.

— Putain, mais qu'est-ce que c'est que ça ? interrompit Gabriel. Je veux une explication. Maintenant !

Charles regarda le vampire balafré.

— Cela n'a rien à voir avec Scanguards ou ma demande de protection.

Roxanne souffla d'un air désapprobateur.

— Tout à fait d'accord avec toi. Tu es la dernière personne que Scanguards accepterait jamais de protéger. Tu n'en vaux pas la peine !

Qui que soit celui que tu fuis, j'espère qu'il te rattrapera et te fera souffrir.

Elle serra les mâchoires comme si elle se raccrochait aux derniers vestiges de son contrôle.

— Tu ne penses pas que c'est un peu dur, chérie ?

Elle bondit alors vers lui et, cette fois, Charles relâcha sa concentration. La barrière qu'il avait érigée s'écroula ; ou peut-être la laissa-t-il s'écrouler. Roxanne la franchit et le claqua contre la fenêtre avec une force telle qu'il fut surpris qu'elle ne se brisât pas ou, tout du moins, ne se fissurât. À l'épreuve des balles, pensa-t-il furtivement. Mais déjà, Roxanne le soulevait et le projetait à travers la pièce. Il vola contre le mur et y laissa un impact avant de s'écraser au sol.

Elle se rua à nouveau sur lui mais n'alla pas très loin, son patron l'arrêtant afin de l'empêcher de causer davantage de dégâts.

— Ça suffit, Roxanne ! ordonna Gabriel en la maintenant fermement par le biceps.

Elle tourna violemment la tête vers son patron et dirigea à présent sa colère contre lui.

— Tu ne peux pas le prendre comme client. Ça sent mauvais. Quoi qu'il te dise, ce sera un mensonge. Ne lui fais pas confiance.

— Nous verrons cela.

Gabriel fit signe à Charles.

— Qu'avez-vous à dire, Monsieur Dubois ? demanda-t-il.

— Son nom n'est pas Dubois, interrompit Roxanne. Et il n'a pas besoin de protection. Pas vrai, *chéri* ?

Ce dernier mot n'était qu'un grognement. Néanmoins, une infime lueur d'espoir osa éclore dans la poitrine de Charles, une poitrine à présent douloureuse, tandis qu'il tentait de se relever. Il grogna involontairement et s'arc-bouta contre le mur. Il s'était vraisemblablement brisé une ou deux côtes, peut-être trois. Rien qu'un petit charme ne pût guérir plus tard.

Charles releva la tête.

— Je suis juste content que tu n'aies pas perdu la main, *chérie*.

Il regarda Gabriel.

— N'ayez aucune inquiétude. Je n'ai pas l'intention de poursuivre votre compagnie pour agression.

Il haussa un coin de la bouche en guise de sourire nonchalant.

— Comme vous pouvez le voir, Monsieur Giles, poursuivit-il, j'ai effectivement besoin de vos services. On ne sait jamais d'où peut provenir la prochaine attaque.

Roxanne grogna telle une bête en cage. Bon sang, quelle excitation que tout cela. Il était un malade fils de pute qui n'aspirait qu'à davantage de mauvais traitements de sa part. Était-il tant désireux d'avoir un contact avec elle pour avoir accepté une raclée ? Juste pour sentir à nouveau ses mains sur lui ?

— Arrête, Roxanne, ordonna Gabriel en lui lançant un regard sévère.

— Tu ne vas quand même pas écouter ce salaud ?

Elle secoua la tête, l'incrédulité s'affichant sur son visage.

— Tu ne peux être sérieux ! ajouta-t-elle. Tu m'as demandé mon avis. Je te l'ai donné. Il est pourri jusqu'aux os. Ne t'implique pas avec lui. Tu ne feras que le regretter. Nous le regretterons tous.

— Peut-être pouvons-nous discuter de cela d'une manière plus civilisée, suggéra Gabriel, bien qu'en train de grincer des dents et apparemment pas aussi calme qu'il ne prétendait l'être.

Roxanne posa les mains sur ses hanches.

— Il n'y a rien à discuter.

— Il y a visiblement beaucoup de choses dont il faut discuter, suggéra Gabriel.

Charles lui coupa la parole.

— Monsieur Giles, je peux vous assurer qu'en dépit du fait que Roxanne et moi ne nous entendions pas vraiment à l'heure actuelle—

— Je dirais que c'est un euphémisme, l'interrompit nonchalamment Gabriel.

— Quoi qu'il en soit, je suis venu ici uniquement pour avoir recours à vos services. Je n'ai aucune intention de nuire à l'un d'entre vous.

— Menteur !

Roxanne le regarda furieusement avant de s'adresser directement à son patron.

— Si tu l'acceptes comme client, alors je—

— Roxanne ! l'avertit Gabriel.

Mais son patron aurait dû savoir de quoi il parlait. Il s'avérait que, même après vingt-trois ans, Charles la connaissait toujours mieux que quiconque. Roxanne s'était vu dire, de très nombreuses fois, par des hommes, ce qu'elle devait ou ne devait pas faire. Et à présent, il pouvait le voir en elle : elle était sur le point de craquer.

— Je démissionne !

Ah, merde ! Le sorcier s'était attendu à ce qu'elle fît quelque chose d'irréfléchi, mais démissionner ? À cause de lui ? Cela ne faisait pas partie du plan.

— Tu ne peux tout simplement pas démissionner ! dit Gabriel, les dents serrées. Attends-moi dans mon bureau. Nous allons parler.

— Je n'ai rien à dire ! hurla Roxanne en se ruant vers la porte. Elle l'ouvrit violemment.

— J'en ai assez ! poursuivit-elle.

Elle sortit en trombe et claqua la porte si violemment derrière elle que le bol en verre déposé sur la table de réunion vibra.

Pendant quelques instants, la salle de conférence fut plongée dans le silence. Charles ferma les yeux et prit une profonde inspiration. Ce faisant, ses poumons se gonflèrent et vinrent toucher ses côtes, sa poitrine en devenant dès lors douloureuse.

— Putain !

Gabriel fit quelques pas vers lui, mais Charles souleva une main.

— Je vais bien. Ce sont juste quelques côtes brisées.

Il força un sourire.

— Bien que cela ne me dérangerait pas de poursuivre notre conversation assis, ajouta-t-il.

Gabriel désigna un fauteuil.

Reconnaissant, Charles s'abaissa afin de s'asseoir et observa son hôte en faire de même.

— Vous ne me direz pas ce que tout cela voulait dire, n'est-ce pas ? demanda Gabriel.

Charles prit son temps pour répondre.

— Non.

— Je le pensais bien. Donc, comment puis-je vous aider ?

— Comme je l'ai dit, j'aimerais quatre gardes du corps. Et j'aimerais que Roxanne soit l'un d'entre eux.

Cet élément était crucial. C'était la seule manière de pouvoir forcer Roxanne à demeurer en sa présence et avoir l'opportunité de panser les vieilles blessures.

— Peut-être que votre ouïe a été endommagée lorsque Roxanne vous a projeté contre le mur car, visiblement, vous n'avez pas entendu qu'elle venait de démissionner.

Charles gloussa.

— Alors, vous ne connaissez pas très bien Roxanne.

Le patron de Scanguards haussa un sourcil et croisa les mains.

— Éclairez-moi.

Charles dirigea l'index en direction de la porte.

— C'était juste sa façon à elle de me dire qu'elle m'aime toujours.

— Hum. Je pense qu'il est temps que j'appelle ma femme afin qu'elle s'occupe de vos besoins médicaux. Apparemment, vous souffrez d'une commotion cérébrale en plus de vos côtes brisées.

— Croyez-moi, Monsieur Giles, rien ne cloche dans mon cerveau.

Quoiqu'il ne pût dire la même chose de son esprit ; esprit qu'il avait nettement perdu.

3

Vingt-trois ans plus tôt

Roxanne observa à nouveau le couloir de l'hôtel, tout d'abord à gauche, puis à droite. Il était désert. Elle frappa ensuite à la porte. Celle-ci s'ouvrit immédiatement, et Charles attira Roxanne dans la pièce avant de refermer la porte derrière elle.

Un instant plus tard, ses lèvres se retrouvèrent tout contre les siennes, l'embrassant avec le même désir que celui qu'elle avait tenté de contenir durant ces longues nuits passées séparée de lui. Elle l'enlaça et, en dépit du fait que ce qu'ils étaient en train de faire était mal, elle sentit un sentiment de possessivité l'envahir. C'était mal, et à plus d'une échelle. Car un vampire ne devait raisonnablement jamais aimer un sorcier. Mais elle ne pouvait ordonner à son cœur de cesser de l'aimer, quelles qu'en fussent les conséquences. Charles incarnait tout ce qu'elle avait toujours aimé chez un homme : force, intégrité et gentillesse.

Lorsque Charles lui relâcha enfin les lèvres, tous deux avaient la respiration lourde.

Il appuya le front contre le sien.

— Quelqu'un t'a vue ?

— J'ai été prudente. J'ai attendu que Silas et ses hommes soient partis.

Elle frissonna intérieurement, ne sachant que trop bien qu'à chaque fois que Silas et sa drôle de bande de vampires sadiques quittaient le camp, ils saccageaient tout. Et elle se retrouvait au milieu de tout cela.

— Bien.

— Mais je n'ai pas beaucoup de temps.

Elle devait être rentrée avant le retour des hommes. S'il venait à remarquer son absence, Silas soupçonnerait quelque chose et assignerait quelqu'un à sa surveillance.

— Je sais, bébé, murmura Charles tout en lui soulevant son top et en le faisant passer par-dessus sa tête.

De l'air frais entra en contact avec sa peau échauffée, et cela lui fit grand bien.

— Mais j'ai envie de toi. Cela a été trop long.

Ne voulant également pas perdre de temps, Roxanne lui déboutonnait déjà la chemise. Ils n'avaient jamais eu que des moments volés et savaient comment en profiter au maximum.

Ils se retrouvèrent nus en seulement quelques secondes. Charles manœuvra pour arriver jusqu'au grand lit déjà défait. Lorsque Roxanne sentit la douceur des draps sous son dos et le corps dénudé de Charles sur elle, elle soupira de satisfaction.

Elle aimait la tonicité de son physique, son torse svelte, ses cuisses musclées. Et son visage bordé de courts cheveux noirs, sa mâchoire saillante, ses lèvres pleines et son nez droit. Mais plus que tout, elle aimait ses yeux couleur chocolat. Ils traduisaient tout ce qu'il y avait de bon chez lui : il était un homme d'honneur.

— Charles, j'ai envie de toi, murmura-t-elle tout contre son cou. Prends-moi, s'il te plaît.

Il leva la tête et lui passa les doigts dans les cheveux.

— J'ai tout autant envie de toi. Mais je ne précipiterai rien. Tu mérites mieux. Bon sang, tu mérites tellement mieux que cet animal—

Elle pressa un doigt contre les lèvres de Charles.

— Ne parlons pas de lui. Tu sais bien que je ne peux pas rompre. J'en sais trop à propos de ses affaires. Il ne peut se permettre de me laisser en vie.

Un sentiment de douleur s'afficha dans les yeux de Charles. L'ampoule d'une des lampes de chevet explosa ensuite.

— Charles ! lui dit-elle, sachant que ses pouvoirs de sorcier en étaient la cause. Bien que sans défense face à eux, elle n'en avait jamais eu peur.

— S'il te plaît, tu dois garder le contrôle, ajouta-t-elle.

Ou l'attention pourrait être attirée sur eux. Et ils ne pouvaient se le permettre. C'était une des raisons pour lesquelles ils se rencontraient toujours dans des endroits différents, et jamais chez Charles, de crainte qu'un jour, Roxanne ne fût suivie.

— Comment le pourrais-je ? dit-il, entre les dents. Quand tu es avec lui, je crains pour ta vie. Tu ne comprends pas ce que ça me fait ?

Il roula sur le côté pour se retrouver sur le dos, puis fixa le plafond.

— On ne peut plus continuer comme ça.

Roxanne s'assit en sursaut.

— Es-tu en train de me dire que tu me quittes ?

Un sanglot remonta le long de sa poitrine mais, avant qu'il n'eût pu franchir ses lèvres, Charles s'était redressé et l'avait attrapée par les épaules.

— Pourquoi penses-tu cela ? Comment pourrais-je jamais te quitter ? Je t'aime, Roxanne ! Plus que la vie.

Bien que ces paroles fussent un soulagement, l'expression tourmentée sur le visage de son amant ne l'aida pas à apaiser ses inquiétudes.

— Quoi, alors ?

— Nous devons partir. Ensemble.

— Mais il ne me laissera pas partir.

— Tu ne demanderas pas la permission.

— Il me pourchassera.

— Pas s'il pense que tu es morte.

Les battements de cœur de Roxanne accélérèrent.

— Oh, mon Dieu, que prévois-tu de faire ?

Il lui enroba la joue de la paume de la main et la lui caressa en la regardant au plus profond de ses yeux.

— J'y ai bien réfléchi. Il n'y a que comme cela que nous pourrons être ensemble. Nous devons mettre en scène ta mort.

— Mais comment ?

— Dans deux nuits, je m'assurerai qu'un informateur fasse savoir à Silas qu'il y a une proie facile qui l'attend. Ses hommes et lui quitteront le camp. C'est à ce moment que tu agiras.

Envahie par l'inquiétude, Roxanne se mordit la lèvre. Mettre un homme comme Silas en colère était comme signer son propre arrêt de mort.

— Si quelque chose se passe mal, il me chassera comme un chien. Je devrais tout simplement le tuer.

— Non !

Charles prononça ce mot presque en hurlant.

— Même si tu parviens à le tuer, ses hommes t'abattront. Tu ne te sortiras jamais de là vivante. Je ne te laisserai pas faire ça. Je préférerais aller le tuer moi-même.

Les larmes montèrent aux yeux de Roxanne.

— Tu sais bien que tu ne pourras pas t'approcher suffisamment. Malgré ton pouvoir, ou peut-être à cause de lui, ses hommes te détecteront. Ils auront le dessus. Ils te tueront juste parce qu'ils en ont l'opportunité. Et s'ils font ça, tu sais que je ne resterai pas sans rien faire. Tu sais que j'essaierai de les arrêter. Et alors, nous mourrons tous les deux. Nous n'en sortirons jamais vivants si nous essayons de tuer Silas.

— Alors, nous n'avons pas d'autre choix. Nous devons nous assurer que Silas pense que tu es morte. Nous ferons en sorte que ta mort soit crédible. Puisqu'un vampire ne laisse pas un corps, mais bien de la poussière, ce sera simple. Quand tu seras dans ta chambre, enlève tes bijoux et jette-les à terre ainsi que ton portable. Fais en sorte que ça ressemble à un cambriolage. Laisse également un pieu à terre et saupoudre de la poussière à cet endroit.

— Il ne le croira jamais. Le camp est sécurisé. Personne ne peut y entrer. Silas s'en est assuré.

Charles secoua la tête, se releva et attrapa sa veste posée sur l'unique fauteuil de la pièce.

— S'il y a des indices de sorcellerie, Silas pensera qu'un sorcier a prononcé une formule pour y pénétrer et te tuer.

Il sortit une amulette de sa poche intérieure et la montra à Roxanne.

— C'est une pierre de protection pour les sorciers. Beaucoup d'entre nous en portent une. Arrache-la du cordon en cuir et lance-la à terre dans ta chambre. Fais en sorte que ça ressemble à une bagarre avec un sorcier. Quand Silas la trouvera, il aura la preuve que tu as été tuée par l'un de nous. Il n'essaiera pas de te retrouver. Il sera trop occupé à vouloir se venger des sorciers.

— Mais est-ce que ça ne mettra pas en danger chaque sorcier de la ville ?

Charles soupira et déposa l'amulette sur la table de nuit avant de rejoindre Roxanne sur le lit.

— C'est déjà la guerre ouverte entre les vampires et nous. Cela ne changera rien et ne rendra pas les relations entre les deux espèces plus tendues qu'elles ne le sont déjà. Cela ne fera que te libérer. Tu le sais. Au fond de toi, tu sais que c'est ton unique chance. Nous ne pouvons attendre aucune aide de mes pairs. Jamais ils ne t'accepteront. Ils te tueront. Nous sommes seuls. Juste toi et moi.

— Tu es vraiment prêt à abandonner tout ça pour moi ?

— Oh, Roxanne. Et qu'est-ce que j'abandonnerais ? Tu sais que je ne fais pas partie d'un clan. Je n'ai jamais aimé leurs règles draconiennes et leurs idées préconçues de qui est bien et qui est mauvais. Regarde-nous.

Il glissa une main sous le menton de Roxanne et, du pouce, lui caressa la mâchoire.

— Ne sommes-nous pas la preuve que la haine et la guerre n'étaient pas nécessaires entre nos deux espèces ? N'avons-nous pas prouvé qu'il peut y avoir de l'amour ? ajouta-t-il.

Les larmes montèrent aux yeux de Roxanne.

— J'ai peur, Charles.

— Tu n'as pas à avoir peur.

Charles déposa un tendre baiser sur ses lèvres, l'attira plus près de lui et enroula les bras autour de son torse dénudé.

— Nous aurons un avenir ensemble. Nous serons libres. Ce n'est pas ce que tu veux ?

— Si.

— Alors, fais-moi confiance.

Leurs regards se suspendirent. Dans les yeux de Charles, tout l'amour qu'elle lui vouait se reflétait.

— Je te fais confiance.

Il lui sourit.

— Dis-moi que tu m'aimes.

— Je t'aime.

— Suffisamment pour passer l'éternité avec moi ?

— L'éternité ? demanda-t-elle en se léchant les lèvres. Elle savait ce que cela signifiait.

— Oui, en tant que couple lié par le sang. La pensée que tu puisses mordre quelqu'un d'autre me fait enrager.

Comme pour souligner son affirmation, les lumières de la chambre vacillèrent, en réponse à son pouvoir intérieur.

— Je veux que tu ne boives que mon sang, poursuivit-il.

— Charles…

Elle laissa traîner le regard sur son cou, là où palpitait une épaisse veine. Elle pouvait entendre les battements de son pouls, sentir la richesse de son sang. Son sang de sorcier. La plupart des vampires en détestait le goût, mais pas elle. Elle l'adorait. Adorait le goûter, le boire. Tout comme elle adorait la manière dont il répondait à sa morsure. Elle n'avait jamais vu un homme devenir aussi passionné et sans retenue.

— Mon amour, ajouta-t-elle. Comme si je pouvais boire le sang d'un autre homme.

Elle laissa courir une main dans son épaisse chevelure.

Une lueur d'excitation apparut dans les yeux de Charles. Il leva une main vers le visage de Roxanne et, du pouce, lui caressa la lèvre supérieure.

— Montre-les-moi, dit-il.

Roxanne entrouvrit les lèvres et autorisa ses canines à descendre.

— Dieu, que tu es belle, murmura-t-il en la poussant de nouveau sur les draps avant de rouler et se retrouver sur elle.

Elle écarta automatiquement les jambes et sentit l'érection de son partenaire frotter contre sa cuisse. Elle aimait également cela chez lui ; le fait qu'il bandât aussi rapidement. Cela la faisait se sentir désirée.

— Je t'aime, Roxanne.

Tout en la regardant dans les yeux, il plongea en elle, la comblant de toute l'épaisseur de son membre, l'étirant. La première invasion était toujours la même : époustouflante, exaltante, palpitante. Et chaque fois, elle la désirait davantage. *Le* désirait davantage. Elle n'avait jamais aimé Silas de la sorte. Même pas avant d'avoir découvert à quel point il était maléfique.

Mais Charles… En lui, elle avait trouvé son âme sœur. Le seul homme qui la comprenait vraiment et comblait chacun de ses besoins. Tout comme il le faisait en ce moment.

Ses mouvements furent d'abord lents, presque taquins. Elle enroula les jambes autour du haut de ses cuisses afin de l'attirer davantage contre le centre de sa féminité.

Charles gloussa face à cette tentative de le presser à aller plus vite et plus fort.

— Toi, petite chipie. Tu penses que tu peux utiliser ta force de vampire pour m'obliger à précipiter ceci ?

Il se mit à rire.

— Détrompe-toi, ajouta-t-il.

Avant même de réaliser ce qu'il était sur le point de faire, Roxanne sentit un tiraillement au niveau de ses poignets. Elle y jeta subitement un œil, mais il n'y avait rien à voir. Une force invisible lui tirait toutefois les mains vers l'arrière, jusqu'à les faire reposer de chaque côté de sa tête, comme si quelqu'un l'immobilisait. Charles faisait usage de la sorcellerie afin de l'amener à se soumettre à ses désirs.

— Comme c'est sournois, murmura-t-elle sans toutefois pouvoir réprimer un sourire, bien que ses mains fussent retenues par des cordes invisibles.

Des cordes que pas même sa force de vampire ne pouvait arracher.

— Maintenant, sois une gentille femme, et laisse-moi te faire l'amour comme tu le mérites. Lentement et avec douceur.

— Pourquoi penses-tu que je le mérite ?

— Parce que tu m'as fait oublier la raison pour laquelle les sorciers détestent les vampires et que tu m'as amené à te voir telle que tu es :

une femme au cœur bon et généreux. Et parce que je ne peux vivre sans toi.

Roxanne sentit de l'humidité se former dans ses yeux, tandis qu'elle le regardait.

— Tu vois… murmura-t-il en lui caressant tendrement le cou du bout des doigt avant de les faire glisser jusqu'au mamelon et d'y frotter le dur bourgeon.

— … ça, c'est la femme que j'aime, poursuivit-il. La femme qui s'abandonne à moi quand je m'abandonne à elle.

Lentement, il rompit le contact visuel et baissa la tête sur son sein, y captura la cime et balaya la langue par-dessus. Un gémissement étouffé s'échappa de la gorge de Roxanne et vint rebondir contre les murs de la chambre d'hôtel.

— Commence par t'abandonner, alors, exigea-t-elle.

— C'est ce que je fais.

Il suça plus fort, tandis que sa main malaxait la chair.

Plus bas, ses hanches commencèrent à se mouvoir, et il ôta son sexe avant de reglisser en elle.

— Je m'abandonne, répéta-t-il, en plongeant plus profondément et avec davantage de force.

Soudain, elle sentit l'entrave sur ses poignets se relâcher. Sans perdre de temps, elle enroula les bras autour des épaules de Charles afin de l'attirer plus près. En réaction, il donna un nouveau coup de rein. Et encore.

— Oui, cria-t-elle en arquant le dos.

— Putain, chérie ! Tu vas me faire jouir trop vite.

— Je m'en fiche !

Tout ce dont elle avait besoin, c'était le sentir frémir en elle afin de savoir que tout allait bien se terminer.

— Aime-moi, tout simplement, ajouta-t-elle.

— Toujours, mon amour, toujours.

Elle accueillit avec plaisir le fait qu'il commençât à la pénétrer plus rapidement, qu'il enfonçât son membre plus profondément qu'elle ne l'eût cru possible. Dans la petite chambre de cet hôtel miteux, les bruits de leurs ébats étaient amplifiés. Les gémissements et les soupirs rebondissaient contre les murs. Mais Roxanne pouvait également entendre d'autres sons, des sons que l'ouïe de sorcier de Charles ne pouvait percevoir : ceux de leurs pulsations, tandis qu'elles battaient plus frénétiquement, plus rapidement et plus fort à chaque seconde.

Elle sentit le plaisir grandir en elle, les vagues de son orgasme en approche s'intensifier, et elle sut qu'il était temps.

Elle glissa une main dans les cheveux de Charles et l'attira vers elle. Les yeux de son partenaire étincelèrent d'impatience, et il inclina la tête, offrant à Roxanne ce que tous deux voulaient. Cette connexion spéciale que, seule la morsure d'un vampire pouvait créer.

Sous la paume de sa main, elle sentit Charles trembler.

— Oh, Dieu, oui, laissa-t-il échapper en un grognement, incitant Roxanne à le désirer davantage. Car lui, il s'offrait entièrement à elle. Sans contrainte, sans regret.

Les canines de Roxanne la démangèrent, et elle les amena tout contre la peau de son partenaire. Elle la lécha, goûtant la salinité de sa sueur et percevant la veine frémissante par-dessous. Incapable de résister une seconde de plus, elle enfonça les pointes affûtées de ses canines dans le cou de Charles et aspira à même la veine dodue.

Un sang riche lui emplit la bouche tandis que, plus bas, le sexe de Charles se contractait et que sa semence se répandait en elle. Elle avala le sang de son amant et, tandis qu'il coulait le long de sa gorge, tout son corps convulsa, son orgasme la percutant tel un raz-de-marée de la taille d'un gratte-ciel. Ensemble, ils chevauchaient le sommet de la vague, planant dans un océan d'extase.

Rien n'avait jamais semblé aussi juste. Aussi bon. Aussi parfait. Tout comme le serait leur avenir.

Elle y croyait alors, en ce moment précis. De tout son cœur, de toute son âme, de toute sa vie.

Pour tout simplement voir la confiance qu'elle lui vouait anéantie deux jours plus tard.

4

Aujourd'hui

Ayant mal dormi et fait d'horribles rêves, Roxanne alluma son portable et s'assit dans son lit. Elle avait un message du service du personnel de Scanguards. Afin de pouvoir lui donner son dernier chèque de paie, son employeur prétendait qu'elle devait se rendre au bureau afin d'y subir une interview de sortie. Ouais, cela, elle n'y croyait pas la moindre seconde. Elle sortit néanmoins du lit et se dirigea vers la douche tout en se demandant pourquoi Gabriel prenait la peine de vouloir l'amener à retirer sa démission. Selon elle, c'était une perte de temps.

Une heure plus tard, elle pénétrait dans le QG de la Mission. Elle fut conduite dans le bureau de Gabriel. Mais il n'était pas seul. Il avait sorti l'artillerie lourde : Samson.

Le propriétaire de Scanguards, un séduisant vampire aux cheveux noir corbeau, yeux noisette et ayant la réputation d'être ferme et juste, désigna une chaise.

— Prends un siège, Roxanne.

Elle croisa les bras sur sa poitrine.

— Je ne reste pas longtemps.

Samson hocha la tête, son visage arborant un air contemplatif.

— Alors, laisse-moi la faire courte.

Il se leva de sa chaise et se rapprocha d'elle.

— Tu fais partie de notre famille, ajouta-t-il.

Où avait-elle déjà entendu cela ? Oh, oui, avec Silas. Il avait toujours dit de telles choses. Cependant, contrairement aux paroles de Silas, ces mots, sortant de la bouche de Samson, étaient dépourvus de toute forme de menace.

— Tu es avec nous depuis plus de vingt ans, et nous nous sommes attachés à toi.

Il sourit.

— Les filles ont toutes du respect pour toi, précisa-t-il.

— Vanessa veut te ressembler, intervint Gabriel, faisant référence à sa fille de dix-sept ans. Que vais-je lui dire quand elle apprendra que tu nous quittes ?

Samson pointa le pouce par-dessus son épaule, en direction de Gabriel.

— Il éprouve déjà assez de difficultés comme ça à maîtriser ses gosses. Nous allons avoir une émeute sur les mains, et ils nous blâmeront tous pour ton départ.

— Tu exagères.

Non pas qu'elle n'aimât pas les jeunes hybrides, ces enfants mi-vampires, mi-humains dont ses patrons et collègues étaient les parents mais, à côté de cela, il y avait des problèmes plus importants. Elle ne pouvait se retrouver dans la même ville que Charles.

— Ils sont jeunes. Ils s'en remettront.

— Et toi ?

Sachant très bien à quoi il faisait allusion, elle serra les mâchoires.

— Je suis plus forte que vous ne le pensez.

Elle avait survécu à une accablante trahison. Elle pourrait donc survivre à ceci.

Gabriel se leva de sa chaise et rejoignit Samson.

— Et c'est exactement pour cela que nous avons besoin de toi. En fait, tu es la seule à pouvoir nous aider dans cette affaire.

Elle regarda furieusement Gabriel.

— Je t'ai déjà dit que je ne veux pas avoir affaire à ce fourbe de sorcier. Et tu ne le devrais pas non plus ! Il ne fera que vous baiser.

— J'ai bien peur de ne pas avoir le choix, dit calmement Samson. C'est une mission que nous ne pouvons nous permettre de refuser.

Roxanne prit un air renfrogné.

— N'as-tu pas assez d'argent ? Es-tu si cupide—

— L'argent n'a rien à voir, interrompit Samson, le ton à présent plus tranchant. Loin de là. Nous avons des raisons de croire que Monsieur Dubois nous ment.

— Il ne s'appelle pas Dubois, mais Whedon. Et j'ai déjà dit à Gabriel qu'il mentait. Qu'y a-t-il d'autre à faire que rejeter sa demande ?

Ses patrons ne pouvaient-ils comprendre cela ? D'ordinaire, ils n'étaient pas aussi bouchés.

— Le fait qu'il mente, ou plutôt qu'il ne nous dise pas exactement pourquoi il a besoin d'une protection aussi lourde, est la raison pour laquelle nous devons accepter cette mission, expliqua Samson en échangeant un regard avec Gabriel. J'ai parlé avec Haven et Katie.

À présent perplexe, Roxanne haussa les épaules.

— Qu'est-ce que Katie et Haven ont à voir avec ça ?

— Hormis Wes, ce sont eux qui ont le plus d'expérience avec les sorciers et leurs stratagèmes. Tous deux partagent nos soupçons.

Impatiente, Roxanne posa les mains sur ses hanches.

— Peux-tu en venir au fait ?

— Nous pensons qu'il y a quelque chose qui se prépare dans le monde des sorciers, et nous voulons nous assurer que ça ne se propage pas dans le nôtre. Appelle ça de la précaution. Ou appelle ça une action préventive. Mais nous devons découvrir la raison de la présence en ville de Dubois.

Roxanne secoua involontairement la tête.

— Oh, non. Hors de question. Vous ne m'utiliserez pas pour espionner ce pauvre type et ses conneries de sorcellerie.

Samson fit un pas vers elle.

— S'il te plaît, Roxanne. Je sais que tu peux le faire.

— Mais je ne le ferai pas. Je ne veux même pas me retrouver dans la même ville que ce salaud, encore moins dans la même pièce. À protéger son cul à deux balles.

— Permets-moi, intervint Gabriel, tandis que Samson était sur le point de reprendre la parole.

Il regarda alors Roxanne.

— Après ton départ, Dubois, poursuivit Gabriel, euh, je veux dire Whedon, a dit qu'il croyait que tu l'aimais toujours et—

— Ce putain de tas de m—

— —mais ce que j'en ai déduit, c'est que *lui*, il *t*'aime toujours. Si quelqu'un peut s'approcher de lui, c'est toi.

Roxanne en demeura muette. Incapable de former une phrase cohérente, elle dévisagea simplement Gabriel. Les secondes passèrent, puis, elle secoua la tête. Non, Charles ne l'aimait pas. Si tel était le cas, il ne l'aurait pas trahie.

— Voilà le plan : tu dirigeras la mission. Nous t'enverrons des renforts dès que Quinn aura modifié le tableau de service et déplacé quelques personnes. En attendant, tu iras en repérage, afin d'évaluer s'ils ont besoin d'être placés dans un endroit plus sûr.

— Ils ? demanda-t-elle.

— Oui, la femme qui l'accompagne et lui, une femme appelée Ilaria Dubois. C'est elle qu'il veut qu'on protège vingt-quatre heures sur vingt-quatre, sept jours sur sept.

Le cœur de Roxanne s'arrêta. Charles avait amené une femme ?

— Mettons les choses au clair : vous voulez que je protège Charles et sa femme et—

— Nous ne savons pas si c'est sa femme, interrompit Samson.

— Oh, s'il vous plaît ! siffla Roxanne. Pour quelle autre raison voudrait-il qu'on la protège ? En fait, vous voulez que je me rapproche de lui pour qu'il me dise pourquoi il est ici ?

— En un mot, c'est cela.

— Et comment suis-je supposée faire ça, alors qu'il est ici avec sa putain de femme ?

Gabriel la regarda calmement.

— Comme l'a dit Samson, elle n'est probablement pas sa femme. Dans le cas contraire, il l'aurait dit. Il l'a appelée sa compagne.

— Je me fiche de la façon dont il l'appelle !

Car maintenant, elle était furieuse. Charles avait une femme, alors qu'elle, elle n'avait jamais pu faire suffisamment confiance à un autre homme pour avoir une relation. Et des propositions, elle en avait eu bon nombre, mais rien n'avait duré plus d'une nuit. Et maintenant, Charles se pointait dans sa ville, l'avait complètement oubliée et était visiblement désireux de se mettre en quatre pour l'humilier ?

— Roxanne, dit doucement Gabriel, plus doucement que ce que cet homme intimidant n'était en mesure de faire. Tu es la seule à pouvoir se rapprocher de lui. Nous devons savoir ce qu'il planifie. Si tu veux lui rendre la monnaie de sa pièce pour ce qu'il t'a fait, quoi que ce soit, ceci est ta chance. Tu auras tout notre soutien.

Elle regarda Gabriel dans le fond des yeux et y lut de la sincérité. Elle regarda ensuite Samson et y vit la même expression.

— Je le ferai à une condition.

— On t'écoute, dit Samson.

— S'il s'avère que ses agissements mettent notre monde en danger, je veux que ce soit moi qui le tue.

Pendant un instant, méditant ces paroles, Samson demeura silencieux.

— Si ses agissements le justifient, je m'assurerai que ce soit toi qui infliges la punition… quelle qu'elle soit.

Elle acquiesça. Si cela devait en arriver là, Charles et elle seraient enfin quittes, et elle pourrait enterrer son passé.

5

Pour la dixième fois, Charles regarda sa montre. Cela faisait presque une heure qu'il avait reçu l'appel des quartiers généraux de Scanguards l'informant de leur acceptation de la mission et de l'envoi immédiat des gardes du corps qu'il avait demandés pour Ilaria. Et il était grand temps ! Il avait presque abandonné l'idée de recevoir une réponse positive.

L'appartement de fonction qu'il avait loué pour leur séjour à San Francisco se trouvait au dernier étage d'une tour située près du front de mer. L'immeuble s'offrait les services d'un concierge vingt-quatre heures sur vingt-quatre. Charles avait appelé la réception un peu plus tôt afin de s'assurer que les membres de Scanguards fussent immédiatement conduits à lui.

Lorsque l'on frappa à la porte, Charles tira les épaules en arrière et prit une profonde inspiration. Grâce à un sortilège de guérison et une potion concoctée dès son retour de la réunion initiale au sein de Scanguards, ses côtes lui paraissaient à présent guéries. Il devait rendre justice à Roxanne : elle n'était pas une chiffe molle. La vérité serait la seule manière de la reconquérir.

En piste.

Charles tourna la poignée et ouvrit la porte. Apercevoir Roxanne lui coupa le souffle, tout comme cela avait été le cas la nuit précédente. Pendant un instant, il s'abreuva de ses traits, puis se ressaisit et jeta un œil dans le couloir qui ressemblait à celui d'un hôtel.

— Tu es seule ?

Elle passa à côté de lui et entra dans l'appartement.

— Mes collègues sont en chemin.

Il laissa la porte se refermer et observa Roxanne en train d'examiner les lieux.

— Je n'aime pas, dit-elle.

— L'appartement ? demanda-t-il.

Il était commun, dépouillé et d'une froideur incontestable. Mais Charles avait connu pire. Et il ne prévoyait pas d'y rester très longtemps.

Roxanne regarda par-dessus son épaule, un côté de la bouche relevé en guise de moquerie.

— Il n'est pas sécurisé.

— Je l'ai choisi parce qu'il y a un concierge vingt-quatre heures sur vingt-quatre.

Elle fit le tour de la pièce, ouvrit les armoires, regarda par la fenêtre et jeta un œil dans le hall qui menait aux autres pièces.

— La réception est une farce. J'ai pratiquement dû réveiller grand-père, en bas. Et il y a de multiples points de sortie qui ne sont pas suffisamment sécurisés. Quelqu'un pourrait facilement s'infiltrer par la barrière menant au garage, et une personne ayant un tant soit peu de connaissances techniques pourrait facilement neutraliser le verrouillage du système d'entrée des ascenseurs et contourner la réception.

Cette évaluation consterna Charles, mais il tenta de ne pas la prendre comme une attaque personnelle. Après tout, il avait survécu pendant pratiquement vingt-trois ans en étant pourchassé par divers puissants sorciers. Ses sens surnaturels l'avaient toujours averti à temps de l'approche d'une personne malveillante. Ils avaient compensé son manque d'entrainement traditionnel en matière de sécurité. Mais ces paroles résonnaient néanmoins comme une humiliation. Provenant de la femme qu'il aimait toujours aussi profondément que lorsqu'il l'avait quittée, elles avaient l'effet d'une piqûre de frelon.

Il tenta une réponse mordante, mais n'y parvint pas.

— Heureusement que je n'ai pas signé un bail à long terme, alors.

Un son semblable à un grognement sortit de la bouche de Roxanne, tandis qu'elle se promenait dans la cuisine à plan ouvert et examinait la fenêtre au-dessus de l'évier.

— Impossible de l'ouvrir. De plus, nous sommes au quatorzième étage. Un peu difficile de grimper jusqu'ici étant donné que l'extérieur est en verre, dit-il, ayant toujours le sentiment de devoir justifier son choix de cachette.

Roxanne le fusilla du regard.

— J'ai des yeux.

Elle sortit ensuite de la cuisine.

— Je pense qu'il est temps que je rencontre Ilaria, ajouta-t-elle.

Il mit un certain temps à répondre. Il y avait des choses qu'il devait lui dire avant leur rencontre car, au bout du compte, l'hostilité dont Roxanne faisait preuve envers lui pouvait les mettre tous en danger.

— Tout d'abord, je voudrais t'expliquer plusieurs choses. Tant que nous ne sommes juste que toi et moi.

Suspicieuse, elle plissa les yeux.

— Oh, je comprends. Tu veux t'assurer que ton épouse n'apprenne pas notre—

— Mon épouse ?

Elle hocha la tête en direction des portes donnant sur le couloir.

— Ilaria. N'aie aucune inquiétude, je n'ai nullement l'intention de laver notre linge sale.

— Ilaria n'est pas ma femme.

Visiblement pas convaincue, Roxanne haussa les épaules.

— Ta petite amie, alors. Ou *compagne*.

Elle eût tout aussi bien pu dessiner des guillemets du doigt en prononçant ce dernier mot.

— Je me fiche de la putain de façon dont tu l'appelles. Ton jouet, peut-être ? Copine du jour ? poursuivit-elle.

— Il m'appelle sa nièce.

À ces mots, Roxanne se retourna et dévisagea Ilaria, laquelle se trouvait à présent dans le hall menant aux autres pièces. Elle était vêtue d'un jeans et d'un pull, de longs cheveux encadrant sa svelte silhouette. Jeune et vulnérable, mais pas sans défense. Son aura chatoyait en de légers reflets rouges, signe qu'elle était agitée.

— Et je l'appelle mon oncle, ajouta-t-elle.

— Je t'ai demandé de rester dans ta chambre jusqu'à ce que je t'appelle, la sermonna Charles, bien qu'il maintînt le ton de la voix calme et serein, tel qu'il avait l'habitude de le faire en sa présence, tout particulièrement lorsque la colère montait en elle, désireuse de jaillir au grand jour.

Ce n'était qu'en demeurant calme qu'il pouvait aider Ilaria à retrouver son équilibre.

— Tu m'as appris à me défendre. C'est ce que je fais.

Elle regarda à nouveau Roxanne et fit quelques pas vers elle.

— Tu dois être Roxanne.

Guindée, Roxanne hocha la tête.

— Ilaria, répondit-elle.

Lorsqu'elle se retourna et regarda de nouveau Charles, ce dernier lut de la confusion dans ses yeux.

— Tu ne m'as jamais dit que tu avais une nièce. Ou des frères et sœurs, d'ailleurs, lui dit-elle.

— J'allais le faire.

Elle souffla d'un air désapprobateur.

— Un peu tard pour ça.

— Il n'est jamais trop tard pour dire la vérité, la contredit-il en la cherchant du regard.

Mais elle se détourna, lui refusant dès lors la connexion qu'il souhaitait établir avec elle.

— Je dois examiner le reste de cet endroit.

Ilaria désigna la porte demeurée ouverte, toujours quelque peu bouleversée bien que la teinte de son aura n'eût pas viré à un ton plus sombre. D'une façon ou d'une autre, elle tenait le coup.

— C'est ma chambre. Et là, c'est celle de Charles. La salle de bain est accessible depuis les deux chambres.

Roxane se dirigea d'abord vers celle de Charles, ouvrit la porte et entra. Il savait ce qu'elle y trouverait : une chambre fonctionnelle sans la moindre décoration, le peu de choses qu'il possédait étant soigneusement pendues dans le bien trop grand placard. Son lit était refait.

Il ne la suivit pas lorsqu'elle entra dans la salle de bain. Il se dirigea plutôt vers la porte ouverte de la chambre d'Ilaria et attendit que Roxanne eût pénétré dans cette pièce par la porte communicante. Le visage de son ex-compagne arbora un air de surprise. La chambre d'Ilaria ne ressemblait, en effet, en rien à celle de Charles. Elle était décorée avec le plus grand soin, avec toutes les fioritures qu'une jeune femme de vingt-trois ans aimait. Haute en couleur et chaleureuse. Tout comme Ilaria elle-même.

— Ce n'est pas réel, se sentit-il forcé de dire.

Haussant un sourcil, Roxanne le regarda.

— Tout ce que tu vois est illusion.

Il se tourna vers Ilaria, laquelle s'était furtivement approchée de lui.

— Montre à Roxanne à quoi ressemble réellement la chambre, ajouta-t-il.

— Le faut-il vraiment ? Je l'aime bien telle quelle.

— Juste un instant, dit-il en posant la main sur son avant-bras afin de la rassurer. Il était fier des dons qu'elle possédait, bien que personne, lui excepté, n'eût jamais l'occasion de les voir.

En un soupir, Ilaria fit un geste circulaire du bras, et la pièce se transforma en un environnement tout aussi fade et stérile que le reste de l'appartement.

Charles put remarquer que cette démonstration de sorcellerie déconcertait Roxanne. Bien qu'elle tentât de ne pas le montrer. Elle observa plutôt Ilaria, la question franchissant déjà ses lèvres.

— Pourquoi fais-tu ça ?

Ilaria haussa les épaules et fit un autre geste circulaire du bras, ramenant ainsi la chambre à son état antérieur.

— Pour me sentir comme chez moi.

— Mais ne vous mettez pas trop à l'aise, l'avertit une froide voix masculine depuis le salon.

Merde ! Prêt au combat, Charles se retourna, les bras soulevés afin de faire appel aux éléments susceptibles de l'aider à combattre l'intrus, lorsqu'il perçut l'aura de celui-ci. Lentement, il baissa les bras et saisit celui d'Ilaria afin de l'apaiser. Car elle avait également adopté une position de combat, et son aura s'était assombrie.

— Vous devez être de Scanguards, dit-il au nouveau venu.

Derrière le grand vampire chauve, un autre homme fit son apparition. Il paraissait un peu plus jeune. Quoique difficile à dire avec les vampires, ceux-ci ne vieillissant plus après leur transformation. Il y avait toutefois quelque chose de différent chez ce vampire à l'apparente jeunesse et aux cheveux noirs. Son aura n'était pas semblable à celle du chauve. En fait, Charles n'avait jamais vu pareille aura par le passé. Il plissa les yeux. Il y avait quelque chose d'humain chez lui.

— Mes collègues, dit Roxanne.

Charles s'écarta afin de la laisser sortir de la chambre. Elle désigna le vampire chauve.

— Zane.

Elle désigna ensuite l'homme aux cheveux noirs.

— Et voici Grayson.

Charles précéda Ilaria, et tous deux suivirent Roxanne jusqu'au salon. Il remarqua l'air contrarié sur le visage de Zane, alors que les yeux de Grayson semblaient rivés sur sa nièce. Le jeune garde du corps laissait courir son regard sur elle, les lèvres entrouvertes tant il appréciait la vue.

— Gabriel vous a donc envoyés, ajouta-t-elle, sa voix interrompant dès lors Charles dans son observation.

Zane grogna.

— Pour des raisons évidentes.

Charles perçut l'incontestable haine transparaissant dans le comportement du vampire.

— Qui sont ?

— Je déteste les sorciers.

Ilaria haleta et, instinctivement, elle attrapa le bras de Charles en guise de protection.

À la surprise de ce dernier, Grayson fit un pas devant Zane.

— Ne faites pas attention à lui. Cela n'a rien de personnel. Il est toujours comme ça.

Il lança un charmant sourire à Ilaria.

— Je m'assurerai que rien ne t'arrive, ajouta le jeune homme.

Charles eut envie de grogner. Ce jeune chiot pensait-il vraiment pouvoir mettre Ilaria dans son lit ? Cette pensée le mit hors de lui mais, en même temps, il savait qu'il avait tort de réagir de la sorte. Même un père devait lâcher du lest avec sa fille, un jour. Et après tout, il n'était que son oncle. Et Ilaria était en âge de prendre ses propres décisions.

Lorsqu'elle lui relâcha le bras, Charles lui lança un regard oblique et remarqua que, sous le regard admiratif de Grayson, son aura scintillait d'une lueur presque blanche. Pure. Bonne. Exempte de mal.

— Tu n'es pas un vampire, dit Ilaria, la voix teintée d'une certaine curiosité.

— Je suis hybride : mi-humain, mi-vampire, répondit Grayson. Mon patron a pensé que tu pourrais avoir besoin de quelqu'un qui puisse agir librement durant la journée.

Il désigna Zane et Roxanne.

— Pas comme ces deux vampires pure souche, ajouta-t-il.

Appréciant cette prévoyance, Charles acquiesça d'un hochement de tête. Il avait déjà entendu parler des hybrides, mais n'en avait jamais rencontré un.

— Et le quatrième membre de l'équipe, quand arrive-t-il ?

— Nous sommes au complet, affirma Zane.

— J'ai demandé quatre gardes du corps.

Les mâchoires de Zane se crispèrent.

— Je compte pour deux.

— J'aurais dû le deviner.

Zane plissa les yeux.

— Ouais, tu aurais dû.

Il échangea ensuite un regard avec Roxanne.

— Nous devons les déplacer.

Il orienta le pouce par-dessus son épaule en direction de la porte d'entrée.

— Trop facile de l'ouvrir. Et personne ne nous a entendus. Et ne me parle même pas de la belle au bois dormant qui se trouve en bas.

— Nous sommes sur la même longueur d'ondes, répondit Roxanne.

Elle se tourna ensuite vers Charles et Ilaria.
— Faites vos valises et partons.

6

Tandis qu'Ilaria et Charles emballaient le peu d'affaires en leur possession, Roxanne patientait en compagnie de Zane et Grayson. Les quelques minutes passées seule avec Charles avaient déjà été plus que ce qu'elle ne pouvait supporter. Pourquoi n'avait-elle pas persévéré en disant à Samson et à Gabriel qu'ils pouvaient aller se faire voir ? La curiosité au sujet de la compagne de Charles l'avait emporté. Comme si elle se souciait que Charles fût en couple ou pas. À ce qu'il y paraissait, il ne l'était pas. Mais le savoir ne lui prodiguait aucune satisfaction. Au contraire, cela la rendait encore plus curieuse, alors qu'elle se devait de simplement l'ignorer.

— Nous nous y rendrons dans des voitures séparées. Ce sera plus sûr. Je vais emmener Ilaria, dit-elle à Zane. Grayson et toi, prenez Charles. Retrouvons-nous en lieu sûr.

— Pas une bonne idée, répondit Zane. Gabriel a bien spécifié que nous étions responsables de la fille.

— Je suis plus que capable de protéger Ilaria toute seule, dit Roxanne, les dents serrées, n'appréciant pas l'insinuation de Zane.

— J'en suis parfaitement conscient. Mais il vaut mieux qu'elle soit avec Grayson et moi. Tu t'occupes de son oncle.

Elle s'arma de courage afin de défendre sa position.

— Tu es peut-être plus gradé que moi, mais c'est moi qui dirige cette mission. Je prends les décisions.

— Si je ne le savais pas, je dirais que tu ne veux pas être seule avec Charles.

Elle bouillonna de colère et enfonça son index dans la poitrine de Zane.

— Garde tes stupides remarques pour toi. Je n'ai aucun problème à m'occuper de lui.

C'était un mensonge, mais qu'elle fût maudite si elle venait à autoriser Zane à la mettre devant l'évidence.

— Allez-y. Emmenez Ilaria.

Elle se tourna et regarda furieusement Grayson.

— Et toi, tu ferais mieux de tenir ta queue dans ton pantalon.

À son tour, Grayson lui lança un regard noir.

— C'est quoi ce bordel ? Je ne—

— Vraiment ?

Elle plissa les yeux.

— Laisse-moi te donner un petit conseil, précisa-t-elle. Ne fais jamais confiance à un sorcier. Sans quoi, ça finira mal.

Grayson ouvrit la bouche afin de répondre, mais n'en eut pas l'opportunité. Charles et Ilaria apparurent, bagages en main. Lançant un regard de défiance à Roxanne, le jeune hybride se dirigea, d'un pas nonchalant, vers la jeune sorcière.

— Laisse-moi prendre ton sac, dit-il, en affichant son sourire dévastateur.

— Allez-y d'abord, nous suivrons avec ma voiture dans cinq minutes, ordonna Roxanne avant de hocher la tête à l'intention de Zane.

Ilaria lança un regard interrogateur à Charles.

— C'est bon, Ilaria. Va avec eux. Je ne serai pas loin derrière, la rassura Charles.

Lorsque la porte se referma derrière ces trois-là, Roxanne continua à la fixer du regard.

Elle entendit Charles soupirer.

— Je suppose que ça veut dire que nous avons le temps de parler, dit-il.

— Il n'y a rien dont nous ne devions discuter.

— Au contraire.

Elle savait qu'il était en train de s'approcher d'elle bien avant même de sentir sa main sur son épaule. Elle tenta de s'en débarrasser en secouant l'épaule, mais Charles la serra plus fort et la fit se retourner afin qu'elle lui fît face.

— Je peux ressentir ton hostilité. Même tes collègues la ressentent. Cela ne pourra que compromettre cette mission.

Un sentiment de contrariété envahit Roxanne.

— Remets-tu mon professionnalisme en cause ?

— Pas la moindre seconde, mais tu mérites de connaître la vérité sur ce qui s'est passé cette nuit-là. Cela facilitera les choses.

— Je sais ce qui s'est passé cette nuit-là. Tu m'as abandonnée. Fin de l'histoire.

Même à présent, vingt-trois années plus tard, cela lui faisait toujours autant de mal qu'à l'époque. Mais qu'elle fût maudite si elle venait jamais à l'avouer à Charles.

— Je n'avais pas le choix.

Elle souffla d'un air désapprobateur.

— Oh, épargne-moi tes excuses, s'il te plaît. J'ai tourné la page.

— Je ne présente aucune excuse pour ce que j'ai fait cette nuit-là. Mais je veux que tu m'écoutes.

Le ton suppliant de sa voix lui fit mal au cœur. Mais elle devait demeurer forte et ne pas se laisser prendre une nouvelle fois à ses mensonges. Car ce ne serait que cela : davantage de mensonges dans le but de l'apaiser et de justifier ce qu'il avait fait. Elle se retourna vers la porte et tendit la main vers la poignée.

— La nuit où toi et moi étions supposés partir, ma sœur Mélissa m'a amené Ilaria. La petite avait trois mois. Mélissa était poursuivie par des sorciers qui n'avaient qu'un seul but : tuer son bébé, ma nièce.

À ces mots, Roxanne hésita.

— Jusqu'à cette nuit-là, précisa-t-il, je ne savais même pas que ma sœur avait eu un enfant. Nous n'avions pas beaucoup de contacts. Mais elle avait besoin de mon aide.

La voix douce et calme, il poursuivit.

— Ilaria n'est pas juste la fille d'une sorcière. Elle est spéciale. Elle est née avec la marque.

Fronçant les sourcils, Roxanne se retourna afin de le regarder. Charles avait, à présent, toute son attention.

— Quelle marque ?

— Une marque de naissance qui fait d'elle une sorcière très spéciale, plus puissante et plus habile que les autres. Et dès lors, redoutée par ceux qui lui sont inférieurs. Les sorciers dotés de la marque sont pourchassés depuis des siècles. Il n'en existe plus beaucoup, et les derniers vivent dans la clandestinité. Lorsque Mélissa a constaté qu'Ilaria possédait la marque, elle a tenté de la cacher, mais cela s'est su, et elle a dû s'enfuir. Cette nuit-là, elle est venue chez moi et m'a prié de l'aider. Elle m'a supplié de protéger Ilaria.

Charles laissa courir une main dans ses cheveux noirs avant de poursuivre.

— Cette nuit-là, nous avons été pris en embuscade. Plusieurs sorciers avaient suivi Mélissa jusque chez moi. Nous les avons combattus de notre mieux, mais nous étions en train de perdre la bataille. Lorsque ma sœur m'a tendu sa fille dans les bras et m'a prié de la protéger au prix de ma vie, j'ai su ce qu'elle était sur le point de faire. Je n'ai pas pu refuser.

— Qu'a-t-elle fait ? demanda Roxanne, par curiosité.

— Elle est sortie de la maison et les a combattus avec tous les moyens dont elle disposait, me laissant juste suffisamment de temps pour m'échapper par l'arrière. Elle est morte, cette nuit-là, en voulant protéger son enfant. Et je lui avais fait une promesse. Une promesse que je ne pouvais rompre. Ilaria avait besoin de moi. Elle était sans défense.

Moi aussi, j'avais besoin de toi ! voulut crier Roxanne. Mais elle garda la bouche fermée.

— Je me suis enfui avec elle. Je ne me suis jamais retourné. Mais je savais qu'ils n'abandonneraient pas jusqu'à ce qu'ils la retrouvent et la tuent. J'ai dû poursuivre ma route.

— J'aurais pu t'aider ! dit-elle, entre ses dents, refoulant sa déception.

Il avait choisi un enfant, plutôt qu'elle.

— Ensemble, nous aurions pu battre ces sorciers.

Charles afficha un triste sourire et secoua la tête.

— Non. J'ai dû solliciter l'aide d'autres sorciers en qui j'avais confiance. Et si je m'étais pointé là, avec un vampire dans mon sillage, ils t'auraient tuée avant même que je n'aie eu l'occasion d'expliquer quoi que ce soit. Je l'ai fait pour te protéger.

— Conneries ! s'écria-t-elle. Tu ne voulais plus de moi. Et ta nièce était simplement la bonne excuse pour te débarrasser de moi.

Charles ne perdit pas son calme.

— Ce n'est pas vrai, et tu le sais. Te laisser a été la chose la plus dure que j'ai jamais faite. Depuis lors, je l'ai regretté un million de fois.

Les larmes tentèrent d'émerger, mais Roxanne se força à les refouler.

— Putain ! Sois maudit ! Tu ne m'as même pas appelée. Tu n'as même pas essayé de me contacter. C'est comme ça que tu m'aimais ?

— Oui, c'est exactement comme ça que je t'aimais ! Parce que si je t'avais contactée, tu aurais également été en danger. Ils t'auraient torturée pour découvrir où j'étais. Je ne pouvais laisser cela arriver. Je ne pouvais pas les laisser te faire du mal. Alors, je me suis assuré que personne ne soit au courant pour toi.

Roxanne ravala un sanglot naissant, l'empêchant ainsi de franchir ses lèvres.

— J'ai fait disparaître toute trace de toi dans mon portable avant de le jeter de manière à ce qu'ils le trouvent. Quand j'ai effacé l'historique de nos conversations, mon cœur s'est brisé, et quand j'ai supprimé la dernière photo que j'avais de toi, j'ai pensé que ma vie était finie. Mais j'avais une responsabilité, un devoir auquel je ne pouvais me dérober.

Incapable d'en écouter davantage, Roxanne se détourna.

— Tu aurais, au moins, pu m'envoyer un message.

— Cette nuit-là, tu as feint ta mort. Je n'avais aucun moyen de te contacter. Et envoyer quelqu'un pour t'apporter un mot à notre lieu de rendez-vous aurait été trop risqué. De plus, si je l'avais fait, tu aurais essayé de me retrouver.

Il soupira.

— Il valait mieux que tu me haïsses plutôt que de vouloir me retrouver et tomber dans le collimateur des sorciers. De cette façon, tu demeurais en sécurité.

— En sécurité ? dit-elle en s'étouffant. Des sorciers, ouais, peut-être. Mais Silas n'a pas cru à cette mise en scène de mort. Il m'a pourchassée.

— Oh, mon Dieu, chérie. Je suis si désolé.

Il la prit par les épaules et la tourna à nouveau vers lui, mais elle s'écarta en une secousse. Son contact lui rappelait des souvenirs et lui procurait l'ardent désir de remonter le temps.

— Je n'ai pas besoin de ta pitié. Je l'ai tué.

Et cela lui avait fait du bien de poignarder ce sadique fils de pute. Le monde se trouvait mieux sans lui.

— Comment ?

Cette question résonna davantage comme un écho.

— Il avait envoyé ses hommes afin de me donner la punition appropriée pour m'être échappée en secret. Il pensait pouvoir me contrôler comme il l'avait toujours fait. Mais je n'avais plus rien à perdre. Cela m'a donné la force dont j'avais besoin. Je l'ai poignardé. Je ne m'attendais pas à y parvenir, mais je pensais, j'espérais plutôt mourir. Mais j'ai survécu. Je ne sais comment. Silas était mort. J'ai couru jusqu'à ne plus pouvoir. Ses hommes ne m'ont jamais retrouvée.

L'air solennel, Charles hocha la tête. Son regard se suspendit à celui de Roxanne, et il leva la main.

— Si forte et pourtant si vulnérable.

Il lui toucha la mâchoire.

— Arrête ! Tu as renoncé au droit de me toucher dès l'instant où tu m'as quittée, cette nuit-là.

Elle détourna les yeux et tourna la tête sur le côté.

— Regarde-moi, Roxanne, et dis-moi que tu me hais. Et je ne te toucherai plus jamais.

S'il n'y avait que cela à faire, elle le pouvait. Lentement, rassemblant toute sa force, elle tourna à nouveau la tête afin d'affronter le regard minutieux de Charles.

— Je te hais.

Mais les mots étaient plus faibles que précédemment.

— Je n'ai plus jamais touché une autre femme après toi.

Les larmes envahirent les yeux de Roxanne. Il ne jouait pas franc-jeu.

— Non… non…

— Je ne fais que rêver de toi. De te tenir. De t'aimer.

— Je te hais.

Elle répéta cela comme un mantra, mais cela sonnait faux. Et pourtant, c'était la seule chose dont elle était capable afin de s'empêcher de s'écrouler.

— Peut-être que tu me hais maintenant. Mais si tu nous laissais une autre chance…

— Cela ne changerait rien. Je ne peux pas remonter vingt-trois ans en arrière.

— Mais tu me crois, n'est-ce pas ?

Le croyait-elle ? L'histoire était fantasque, mais tel était leur monde.

— Que je te croie n'a plus d'importance.

Deux décennies plus tôt, cela aurait compté. Mais, aujourd'hui, cela ne faisait aucune différence. Trop de douleur avait empli son cœur. Il n'y avait plus de place pour l'amour.

— Cela en a pour moi. J'ai besoin que tu me pardonnes.

Roxanne déglutit.

— Il n'y a rien que tu puisses dire ou faire…

— Il y a une chose que je peux faire, murmura-t-il en plongeant les lèvres sur les siennes.

Il la prit complètement par surprise. Peut-être était-ce la raison pour laquelle elle fut incapable de le repousser immédiatement et de le balancer à travers la pièce. Ou peut-être était-ce la façon dont les lèvres de Charles se pressaient contre les siennes, en la forçant à les entrouvrir. Ou les souvenirs de leurs ébats amoureux qui refaisaient surface par ce contact immoral.

Cela aurait pu être nombre de choses, mais au plus profond d'elle-même, elle savait qu'elle autorisait cela, car elle n'en avait pas terminé avec lui. Elle ne haïssait pas Charles, mais elle ne lui faisait pas confiance non plus.

7

Dès l'instant où il sentit les lèvres de Roxanne s'écarter afin de prendre une respiration, Charles plongea la langue dans sa bouche. Elle était toujours aussi enivrante que dans ses souvenirs. Aussi irrésistible qu'à l'époque. Pas étonnant qu'il fût déjà en pleine érection. En fait, c'était merveilleux d'avoir pu empêcher son sexe de sortir de son pantalon aussi longtemps. Ou de ne pas avoir volé ce baiser plus tôt. Car il en avait eu terriblement envie dès l'instant où il avait découvert où elle se trouvait durant toutes ces années.

— Roxanne, marmonna-t-il contre ses lèvres, ne les relâchant qu'un bref instant afin de pouvoir attraper le bord de son top et le lui passer par-dessus la tête. J'ai besoin de toi.

Il lui captura à nouveau les lèvres en un baiser profond et fougueux, tandis qu'il la pressait tout contre lui, les mains errant sur sa peau à la recherche de l'attache de son soutien-gorge. Dès qu'il l'eut trouvée, il la dégrafa, et Roxanne haleta dans sa bouche. De satisfaction, Charles avala ce son.

Lorsqu'elle fut libérée du vêtement, il put enfin toucher la volupté de ses seins. Il avait toujours aimé malaxer sa chair sensible, titiller ses mamelons rebondis et lécher sa peau soyeuse. Non seulement parce que Roxanne représentait tout ce qu'un homme pouvait vouloir, mais également à cause de ses réactions. Ses soupirs et gémissements étaient incontrôlés, et la façon dont elle pressait son corps contre le sien, en en réclamant davantage, faisait éclore l'espoir dans son cœur. Elle n'était pas passée à autre chose. Loin de là.

Il arracha les lèvres des siennes et plongea la tête sur ses seins, capturant un mamelon dans sa bouche avant de le sucer.

— Ceci ne changera rien entre nous, dit-elle, la respiration lourde.

Si elle voulait se mentir à elle-même, qu'il en fût ainsi. Mais Charles le savait. Cela changerait tout entre eux. Il avait toujours du pouvoir sur elle, tout comme elle en avait sur lui. Pour simplement le lui montrer, Charles lui égratigna la peau avec ses dents et la sentit violemment frissonner.

— Tu m'appartiens toujours, marmonna-t-il tout en baissant la main afin de déboutonner le pantalon de Roxanne. Et je t'appartiens toujours.

Il tira la fermeture éclair vers le bas et baissa le pantalon.

Roxanne ne l'arrêta pas. Elle lui ouvrit plutôt la chemise d'un seul coup et la lui ôta.

— Ce n'est pas parce que je vais te laisser me sauter que ça veut dire que je te referai confiance.

Ses paroles semblaient amères, mais ses agissements étaient tout sauf cela. Elle défit le pantalon de Charles et le repoussa à mi-cuisses.

— Je ne vais pas te sauter, Roxanne.

Il lui agrippa les hanches des deux mains et la tira contre son érection, lui laissant sentir l'effet qu'elle avait sur lui.

— Je vais te faire l'amour, précisa-t-il.

— Oh non !

— Elle le repoussa jusqu'à ce que l'arrière des genoux de Charles vînt heurter le canapé. Il perdit l'équilibre et tomba sur le dos. Un instant plus tard, elle s'était libérée de son pantalon et de ses sandales et lui avait ôté le jeans et les chaussures d'un coup sec.

— On va baiser, dit-elle, les dents serrées, en le débarrassant de son boxer-short, le laissant ainsi dénudé. C'est tout ce que tu auras.

— Bien. Tu veux baiser ? Alors, baisons et voyons combien de temps tu peux tenir.

Il bondit et l'attrapa. Il la souleva et la lança face contre le canapé.

— C'est ce que tu veux ? ajouta-t-il.

— Tu n'as aucune idée de ce que je veux !

Il saisit son string et le maintint sur le côté, ne se souciant même pas d'en libérer Roxanne. Il se positionna plutôt entre ses jambes et lui souleva le derrière.

— Je sais exactement ce que tu veux.

Il plongea en elle et s'installa de toute sa longueur dans le centre inondé de sa féminité.

Putain !

Elle était encore plus étroite que dans ses souvenirs. Ou peut-être avait-il cette sensation du fait de ne plus avoir couché avec une femme depuis la nuit où il l'avait quittée. Durant ces sombres nuits en solitaire, il n'avait connu que le confort de sa propre main. En rêvant de Roxanne. Mais aucun rêve ne se rapprochait de la réalité. Et ceci, c'était la réalité : Roxanne étendue sous lui, en appui sur les coudes, en train de basculer les hanches en arrière afin de se faire prendre plus profondément.

Il savait ce qu'elle était en train de faire : essayer de lui prouver que tout ceci n'était que du sexe. Que cela ne signifiait rien d'autre pour elle qu'un simple plaisir physique momentané, quelque chose que n'importe quel homme pouvait lui procurer. Mais elle avait tort de penser qu'elle pouvait le berner.

— Nom de Dieu, chérie, jura-t-il en continuant à pousser fortement et en profondeur.

S'il ne ralentissait pas bientôt, il jouirait et perdrait cette bataille.

Sachant qu'en tant que vampire, elle ne ressentirait pratiquement aucune douleur, il la gifla violemment et s'extirpa d'elle.

— Ça ne se terminera pas comme ça, promit-il, tant à elle qu'à lui-même.

— Je t'ai dit—

Il la retourna sur le dos et ôta son string d'un coup sec avant de lui écarter les jambes et d'enfoncer le visage au centre de sa féminité.

Roxanne tenta timidement de se dégager, mais elle ne fit même pas usage de sa force ou de sa vitesse de vampire contre lui. Il ne put donc prendre sa protestation au sérieux. Il passa plutôt la langue sur sa chair mouillée et goûta à son excitation, tandis qu'il levait les deux mains afin de lui caresser les seins. La protestation de Roxanne mourut en silence.

Tandis qu'il la léchait, elle se transformait, à chaque seconde, un peu plus en la femme qu'il connaissait. La femme qui s'était abandonnée à lui au lit, bien qu'elle fût plus forte que lui. La femme qui se tordait à présent sous sa bouche, en ondulant les hanches afin de garantir une connexion plus profonde et davantage de friction. La femme qui avait à présent repositionné les jambes, laissant un pied à terre de manière à pouvoir se soulever plus près de lui.

— Oui, murmura-t-il dans la chaleur de son intimité tout en capturant le clitoris entre ses lèvres.

Il lécha alors le petit paquet de nerfs plus fortement et plus rapidement. Juste comme elle l'aimait. Comme elle l'avait toujours aimé.

Il pouvait la sentir proche de l'orgasme, et il ne la laisserait pas jouir seule. Non, il s'abandonnerait également à elle. Afin de lui montrer qu'il lui faisait confiance.

Il tira une dernière fois sur le clitoris avant de le relâcher et de s'asseoir. Avant qu'elle n'eût pu protester face à cette interruption, il s'était déjà repositionné et avait logé son sexe à l'entrée de ses replis humides. Lentement, il se rapprocha, écarta ses lèvres inférieures du bout de son membre et glissa en elle. Il la vit battre des paupières et remarqua l'air s'expulser de ses poumons, tandis qu'elle arquait le dos sur les coussins, poussant ses seins et ses durs mamelons dans sa direction. Impossible d'y résister.

Ce ne fut que lorsque son érection fut complètement submergée dans l'étroitesse du canal qu'il put à nouveau respirer. Il laissa échapper un gémissement. Tel était tout ce dont il avait rêvé durant toutes ces années. Sentir les muscles de Roxanne se resserrer autour de lui et l'emprisonner.

Il se baissa vers elle et commença à pousser vers l'avant, non pas sauvagement et violemment comme il l'avait fait précédemment, mais bien doucement et lentement. À nouveau, il captura un sein et lécha le mamelon tout en malaxant l'autre. Roxanne s'adaptait à son rythme. Ou peut-être était-ce lui qui s'adaptait au sien. Cela importait peu.

Elle serait à nouveau sienne.

Il souleva la tête et lui captura les lèvres en un baiser passionné jusqu'à ce que tous deux fussent à bout de souffle. Mais il avait besoin d'autre chose. Quelque chose que seule Roxanne pouvait lui donner. Il commença à s'enfouir en elle plus rapidement, accélérant le tempo dans le but de les rapprocher tous deux de l'orgasme avant de lui relâcher les lèvres et d'incliner la tête sur le côté, son cou en offrande.

— Enfonce tes canines en moi, Roxanne. Bois mon sang.

Le corps de Roxanne se raidit soudain. Une seconde plus tard, Charles se retrouva à terre, au milieu de la pièce.

Elle l'avait repoussé.

— Comment oses-tu ?

Les yeux de Roxanne vomissaient de la colère. Ses lèvres tremblaient, et la peine émanait de tous les pores de son corps.

— Tu n'as aucun droit d'exiger cela de moi, ajouta-t-elle.

Elle bondit, ramassa ses vêtements et les enfila plus vite que ce que le regard de Charles ne pouvait suivre.

— Ne pouvais-tu pas tout simplement me sauter ?

Charles se releva lentement.

— Je n'ai jamais pu juste te sauter, Roxanne. J'en ai toujours voulu plus. Et je le veux toujours. Et je n'abandonnerai pas tant que tu ne m'auras pas pardonné et que tu ne seras pas prête à enfoncer à nouveau tes canines en moi quand nous ferons l'amour.

— N'y compte surtout pas.

8

Tandis qu'elle ouvrait la portière de la voiture, s'affalait sur le siège conducteur et que Charles en faisait de même sur le siège passager, Roxanne jura en silence.

Bon sang ! Elle avait presque commis la plus grosse erreur de sa vie : permettre à Charles de se rapprocher à nouveau. Qu'elle l'eût autorisé à la toucher, qu'elle eût *apprécié* ses caresses était déjà suffisamment moche, mais le mordre à nouveau ? Grâce à Dieu, elle avait recouvré ses esprits de toute justesse. L'intimité procurée par une morsure durant l'acte sexuel était plus que ce qu'elle ne pouvait gérer. Cela ne ferait que la rendre tout aussi vulnérable qu'elle ne l'avait été la nuit où il l'avait quittée. Et cela ferait tout autant saigner son cœur lorsqu'il recommencerait. Lorsqu'il la quitterait à nouveau.

— Roxanne, s'il te plaît…

Plutôt que de répondre, elle enfonça la pédale de l'accélérateur sans attendre que Charles eût bouclé sa ceinture de sécurité.

Elle avait accepté son explication quant à la raison pour laquelle il avait dû la quitter, mais cela ne signifiait pas qu'elle pouvait lui pardonner. Si, au moins, à l'époque, il lui avait laissé un message, elle aurait compris et ne se serait pas mise à douter d'elle-même durant toutes ces années, à se demander pourquoi il l'avait quittée. Pourquoi il l'avait laissée la nuit où elle avait eu le plus besoin de lui. Cela avait ébranlé sa confiance envers les hommes à un point tel qu'elle n'avait jamais pu créer de relations durables. Toutes ces années, elle avait protégé son cœur, refusant que quiconque blessât ce qu'il en restait.

— Tu n'aurais jamais dû revenir, cracha-t-elle en serrant plus fort le volant.

— Je ne pouvais plus rester éloigné plus longtemps.

Elle lui lança un regard latéral.

— Oh, s'il te plaît, ne me dis pas que tu es revenu parce que tu as fini par me retrouver.

Il secoua la tête, puis regarda par la fenêtre.

— Il y a déjà un moment que je sais où tu es.

Cela la surprit, mais elle ne fit aucun commentaire.

— C'est comme ça que j'ai découvert Scanguards. J'attendais le bon moment pour revenir. Ce ne devait pas nécessairement être maintenant. Mais les choses se sont précipitées…

Il soupira avant de poursuivre.

— Le sort a voulu qu'Ilaria et moi devions venir à San Francisco. Son avenir est ici. Et à ce qu'il semble, le mien aussi, bien qu'il ne soit pas associé au sien.

Roxanne tenta d'ignorer ces dernières paroles.

— Qu'en est-il de son avenir ? demanda-t-elle plutôt.

— Il est temps pour elle de se retrouver avec sa propre espèce.

— Je pensais que tu en faisais partie.

— Je suis sa *famille*, oui, mais je ne suis pas comme elle. Elle a besoin de se retrouver avec des sorciers semblables à elle, maintenant qu'elle est en possession de ses pouvoirs.

Immédiatement, Roxanne se remémora la manière dont Ilaria avait transformé sa chambre en les utilisant. Elle avait vu pratiquer la sorcellerie assez souvent. Wesley, le sorcier résident de Scanguards, n'hésitait certainement pas à faire démonstration de ses capacités, mais les pouvoirs d'Ilaria, quant à eux, étaient d'un niveau tout à fait différent.

— Je l'ai guidée jusque maintenant. Mon devoir est presque rempli. Bientôt…

Il ne termina pas sa phrase.

Il lui cachait quelque chose. Elle pouvait le sentir.

— Pourquoi as-tu besoin de protection pour elle, maintenant ? demanda-t-elle, se remémorant les ordres de Samson et Gabriel. Elle semble suffisamment forte pour se protéger elle-même, à en croire sa petite performance de tout à l'heure.

Charles expira de l'air par les narines.

— Hmm. C'est juste un pressentiment. Je veux m'assurer que rien de mal n'arrive si près du but.

— Quel but ?

Jusqu'ici, Charles ne lui avait donné aucune information tangible, rien qu'elle pût transmettre à Gabriel autre que le fait qu'Ilaria était née avec *la marque*, quoi que cela voulût dire.

— Réunir Ilaria et ceux de son espèce.

— Ouais, c'est ce que tu as dit. Et quand exactement cela va-t-il arriver ?

— Je m'affaire à trouver une solution.

— Ce n'est pas comme ça que Scanguards fonctionne. Nous devons savoir ce qui se passe et où nous sommes susceptibles de rencontrer des problèmes. Sinon, comment sommes-nous supposés te protéger ?

— Ce n'est pas moi qu'il faut protéger. Mais bien Ilaria. C'est pour cette raison que j'ai engagé ton équipe. Je peux prendre soin de moi-même.

— Ouais, c'est ça ! murmura-t-elle tout bas.

Sa réponse la mit en colère, mais elle tenta de la tempérer. Lorsqu'il s'agissait de Charles, il valait mieux ne pas montrer ses émotions. Il ne ferait que les utiliser contre elle. Tout comme il venait d'utiliser sa vulnérabilité momentanée dans le but de l'embrasser et de coucher avec lui.

Bon sang !

Elle ne voulait plus repenser à cela. Elle se sentait à présent rougir, son cœur s'était emballé et de l'humidité s'écoulait à la jonction de ses cuisses. Savoir qu'un sorcier n'avait pas le même sens de l'odorat qu'un vampire était sa seule consolation. Dans le cas contraire, Charles réaliserait que le simple souvenir de ce qui s'était passé entre eux pas plus d'une demi-heure plus tôt lui occupait toujours l'esprit et contrôlait les réactions de son corps.

— Fais-moi confiance à ce sujet. Protégez tout simplement Ilaria. Ne vous inquiétez pas pour moi.

Elle souffla d'un air désapprobateur.

— Bien que tu ne t'inquiéterais pas pour moi, bien sûr, ajouta-t-il. Étant donné que tu m'as balancé deux fois à travers la pièce depuis mon retour. Si je ne te connaissais pas mieux, je dirais que tu voulais me blesser sérieusement.

Elle tourna brusquement la tête dans sa direction.

— Pourquoi ne gardes-tu pas tes remarques stupides pour toi ?

Inopinément, Charles sourit.

— Car il semble que ce soit la seule chose qui te pousse à communiquer avec moi. Et franchement, en ce moment précis, je préférerais que tu me cries dessus, si tu as besoin de ça pour me prêter attention.

Roxanne grogna. Elle détestait lorsqu'on la poussait à bout. Et Charles ne s'en privait pas. Elle fut soulagée d'arriver à la planque dix minutes plus tard. Elle entra la voiture au garage et coupa le moteur. Sans un mot, elle sortit du véhicule et se dirigea vers la porte menant à la maison de deux étages. Bien que consciente que Charles la suivait, son sac de voyage en main, elle ne l'attendit pas.

Le hall donnait sur un salon à plan ouvert, jusque la cuisine. À sa droite, se trouvait la porte d'entrée et l'escalier menant au second étage et, à sa gauche, Roxanne aperçut des portes accédant à la buanderie et à une salle de bain destinée aux invités.

Charles était juste en train de refermer la porte menant au garage lorsque Zane sortit du salon. Il regarda furieusement Roxanne.

— Il y a une demi-heure que vous auriez dû arriver. Pourquoi avez-vous mis si longtemps ?

En retour, elle lui lança un regard noir.

— Ça ne te reg—

— C'est ma faute, l'interrompit Charles. J'ai eu le sentiment que quelqu'un nous suivait. Alors, j'ai demandé à Roxanne de prendre une autre route.

— Hmm, grogna Zane, avant de retourner au salon.

Roxanne entendit des bruits provenant de la cuisine. On aurait dit Grayson toujours occupé à essayer d'attirer Ilaria dans son lit en usant de son charme. Les hommes !

Et en parlant d'hommes… elle tourna la tête afin de regarder Charles.

— Je n'ai pas besoin que tu me trouves des excuses.

Il haussa un sourcil.

— Eh bien, désolé. Et si j'allais m'installer pour te laisser le temps de te calmer, dit-il en désignant son sac.

— Je n'ai pas besoin de temps pour—

Mais Charles était déjà en train de monter à l'étage. Elle se retourna et se dirigea vers la salle de bain. Dès l'instant où elle eut verrouillé la porte derrière elle, elle prit une profonde inspiration. Puis une autre. Elle y arriverait. Elle devait juste se concentrer sur son travail.

Elle sortit son portable de sa poche et composa la ligne directe de Gabriel. Il décrocha presque immédiatement.

— Roxanne, qu'as-tu pour moi ?

— Peux-tu mettre Haven en communication ? Je pense qu'il devrait entendre ça.

— Donne-moi une seconde.

Elle attendit que Gabriel eût établi la ligne à trois.

— C'est Haven. Quoi de neuf, Roxanne ? entendit-elle demander son collègue, un instant plus tard.

— Tu es au courant de la mission sur laquelle je travaille, n'est-ce pas ?

— Gabriel m'a briefé tout à l'heure. Comment puis-je t'aider ?

— As-tu un moyen de contacter Wesley ?

Il importait peu qu'elle ne l'appréciât pas particulièrement mais, au moins, Wes pourrait l'aider à découvrir quelque chose.

— Désolé, j'ai essayé de nombreuses fois, ces derniers jours, mais j'atterris toujours sur sa boîte vocale. Je n'arrive même pas à localiser son portable sur notre GPS. Soit la puce est cassée, soit…

Il soupira lourdement.

— Je n'ai aucune idée d'où il se trouve ou de ce qu'il fait.

En entendant l'inquiétude dans la voix d'Haven, elle se sentit mal d'avoir fréquemment traité Wesley avec froideur. Elle savait qu'il ne le méritait pas, mais elle n'avait pas été capable de faire la distinction entre l'homme et le sorcier.

— J'espère que tu auras de ses nouvelles bientôt.

Elle prit une inspiration avant de poursuivre.

— Il a une grande collection de livres de sorcellerie et d'histoire. Pourrais-tu essayer de trouver quelque chose pour moi dans ces livres ?

— Que dois-je chercher ? demanda Haven.

— Charles m'a dit qu'Ilaria, la sorcière que nous sommes censés protéger, est sa nièce. Apparemment, elle est née avec *la marque*, quoi que cela signifie.

— Quel genre de marque ?

— Je ne sais pas. Il ne l'a pas spécifié. Mais il a dit que cela la rend différente des autres sorciers. Je dois savoir ce que cela veut dire. Et, dès lors, pourquoi les autres sorciers la pourchasseraient.

— Je vais faire ce que je peux, promit Haven.

— C'est sympa.

— Roxanne ? demanda à présent Gabriel.

— Oui ?

— As-tu découvert autre chose ? La raison pour laquelle il est ici ? Ce qu'il veut ? Pourquoi il a besoin de protection pour elle ?

Roxanne s'appuya contre le froid mur en carrelage.

— J'y travaille. Mais il est réticent. Tout ce qu'il a dit, c'est qu'Ilaria doit être avec sa propre espèce. Et que son avenir est ici, à San Francisco.

— As-tu essayé de te rapprocher de lui pour qu'il te fasse à nouveau confiance ? la sonda Gabriel.

Ouais, et regarde comment cela s'est terminé !

Elle voulut crier, mais serra les mâchoires. Cela l'avait fait se coucher sous Charles, haletante et gémissante, le suppliant de la libérer. Vulnérable. Faible.

Merde !

— Roxanne ? demanda à nouveau Gabriel.

— J'y travaille. J'dois y aller.

Roxanne mit fin à l'appel avant que Gabriel n'eût pu dire quoi que ce fût. Elle n'aurait jamais dû se laisser convaincre d'accepter cette mission. Maintenant, elle était prise— eh bien, prise, mais entre quoi et quoi ? Son cœur et sa tête ? Son passé et son présent ? Son devoir et ses désirs ? Quoi que ce fût, elle était prise au piège. Et la porte de celui dans lequel elle se trouvait se refermait doucement.

Si elle était intelligente, elle prendrait la fuite tant qu'elle le pouvait toujours.

9

Même après avoir pris une longue douche durant laquelle il avait dû s'auto-satisfaire afin de recouvrer un semblant de fonction cérébrale, son désir pour Roxanne était toujours aussi fort qu'avant. Il était allé trop loin en lui demandant de le mordre. Si seulement il avait pu réfréner son besoin d'intimité un peu plus longtemps, peut-être alors aurait-il progressé dans sa tentative de récupérer sa dulcinée. Mais non, il avait fallu qu'il forçât la chance. Vingt-trois années sans elle l'avaient rendu impatient.

Après s'être assuré que l'on s'occupait d'Ilaria, Charles avisa Roxanne et son équipe qu'il allait se coucher et se retira dans une des chambres du second étage. Personne ne le questionna. Après tout, les sorciers n'étaient pas des créatures nocturnes comme les vampires. Mais il ne dormit pas. Il sortit plutôt une carte de son sac de voyage et la déploya à terre, devant son lit. De sa poche latérale, il retira un cristal attaché à une ficelle en cuir.

Il tendit le bras et attrapa le mouchoir en papier posé sur la table de chevet. Une tache de sang rouge, à présent sèche, se trouvait en son centre. Le sang d'Ilaria, lequel ne provenait pas de n'importe quelle partie de son corps, mais de l'endroit où se trouvait la marque. Consciente de l'enjeu, la jeune femme avait consenti à ce petit prélèvement sans la moindre protestation. Charles enroula le mouchoir maculé de sang autour du cristal.

Assis en tailleur, il tendit la main dans laquelle se trouvait la ficelle juste au-dessus du centre de la carte et ferma les yeux. Il fredonna une douce mélodie tout en se concentrant sur son plexus solaire. Tandis que de la chaleur se répandait d'une cellule à l'autre, il sentit, dans le bras, un picotement voyager jusque dans les doigts. Il le laissa se décharger dans la ficelle et atteindre le cristal. Celui-ci commença à osciller.

Il avait déjà procédé plusieurs fois de la sorte avant de venir à San Francisco. Il avait commencé au moment où les pouvoirs d'Ilaria étaient apparus. Et maintenant qu'elle devenait plus forte, ses visions se précisaient. Il était temps de prendre contact, bien qu'il fût certain que les autres sorciers savaient déjà où se trouvait Ilaria. Si Charles pouvait ressentir les pouvoirs de sa nièce, ils le pouvaient également. Et ce fait ne faisait qu'accentuer l'urgence de sa quête à chaque jour qui passait. Bientôt, de plus en plus de sorciers les pourchasseraient, et il n'y aurait plus aucun endroit où fuir. Aucun endroit où cacher ce qu'elle était.

Lorsque le cristal, attiré tel du métal par un aimant, désigna un endroit sur la carte, Charles se pencha pour l'identifier. Le parc du Golden Gate.

Charles se releva, rangea ses instruments, et tendit l'oreille. Tout était silencieux, mais il savait que les vampires étaient éveillés. Un peu plus tôt, il avait entendu Zane quitter la maison afin de vérifier le périmètre. Il était à présent de retour et arpentait le couloir du bas. Aucun humain n'aurait pu quitter la demeure sans qu'il le sût, car l'ouïe d'un vampire était si sensible qu'elle pouvait capter le moindre son.

Heureusement, Charles n'était pas humain, et bien qu'il ne se déplaçât pas aussi furtivement qu'un vampire, il possédait d'autres qualités. À l'aide d'un sortilège silencieux, il s'assura qu'aucun bruit ne se fît entendre depuis sa chambre lorsqu'il ouvrit la fenêtre et regarda attentivement à l'extérieur. La maison était construite sur une colline escarpée et, bien qu'il se trouvât au second étage, la hauteur de ce côté de la maison faisait moins de trois mètres. Charles se hissa par la fenêtre, se suspendit à l'appui de fenêtre, puis le relâcha et tomba dans le jardin envahi par la végétation. Il demeura figé durant un moment, tendant l'oreille, mais rien ne bougeait à l'intérieur de la maison.

Il ne lui fallut pas longtemps avant d'atteindre la route principale. Il regarda tout autour de lui. Aucune trace de taxi ou de tout autre moyen de transport. Aucune importance. De ce qu'il avait pu lire sur la carte, il se trouvait à moins de cinq kilomètres de l'endroit indiqué par le cristal. Charles se lança dans un petit jogging.

Il atteignit une clairière entourée d'arbres adultes et de hauts buissons. Le clair de lune filtrait à travers les arbres, projetant des ombres au sol. Charles s'arrêta au milieu de la prairie et attendit. Il pouvait ressentir le pouvoir collectif présent tout autour de lui. Ce dernier différait du pouvoir qu'il pouvait ressentir des habituels sorciers. Il était plus fort, plus puissant.

Soudain, les ombres commencèrent à se mouvoir, à se démarquer des arbres. Demeurant immobile, il les regarda s'approcher. Trois d'entre elles étaient davantage ombres que formes, davantage fantômes qu'êtres vivants. Les sorciers porteurs de la marque. Leur aura les différenciait des autres sorciers. Elle attira Charles vers eux, tel un papillon de nuit vers la flamme ; signe que leur niveau énergétique était supérieur au sien. De l'électricité crépita dans l'air. Telle de la brume, une tension s'érigea.

— Tu nous as trouvés, dit une voix céleste. Et pourtant, tu n'es pas de notre espèce.

Charles acquiesça d'un hochement de tête.

— J'ai besoin de votre aide.

Une des ombres se rapprocha.

— Ce n'est pas toi qui as besoin de notre aide, affirma une seconde voix. Nous pouvons ressentir l'un de notre espèce tout près de toi.

— Ma nièce, Ilaria. Elle est l'une d'entre vous.

— Quel âge a l'enfant ?

— Elle n'est plus une enfant. Elle a vingt-trois ans.

Un halètement s'échappa des trois ombres.

— Et elle est toujours en vie ?

Une silhouette se rapprocha et, enfin, Charles put la voir. Une femme, d'un âge indéterminable, ni belle ni laide. Elle jeta un coup d'œil sur lui.

— Et tu l'as protégée durant tout ce temps ?

Elle marmonna ensuite quelque chose.

— En dépit du danger que tu encourais ? Pourquoi ?

— Elle est ma chair et mon sang.

— Conscients de ce que l'avenir leur réservait, des pères et des mères ont tué leurs enfants après avoir reconnu la marque. En connaissant les dangers.

— J'ai fait une promesse.

Elle hocha la tête.

— Combien de temps lui reste-t-il ?

— Pas beaucoup. Chaque jour, le mal se rapproche.

— As-tu amené ce dont nous avons besoin ?

Charles retira la main de sa poche et exhiba une photo. Il l'avait prise seulement quelques jours plus tôt et l'avait imprimée dans une imprimerie self-service ouverte vingt-quatre heures sur vingt-quatre avant de venir à San Francisco. La photo montrait la marque d'Ilaria.

Elle lui fut ôtée des mains et s'envola avant d'atterrir, un instant plus tard, dans la main de la sorcière. La femme l'étudia et leva la tête, les yeux brillant de surprise.

— Je suis étonnée qu'elle ne t'ait pas encore tué.

Il le savait. Il savait également qu'il ne pourrait plus y échapper très longtemps.

— Est-ce que vous la sauverez ?
— Veut-elle l'être ?

10

Roxanne se leva et sortit un pistolet de l'arrière d'une cloison dissimulée dans le salon de l'abri. Elle utilisait rarement un revolver mais, sur certaines missions, elle aimait être armée jusqu'aux dents.

— Ronde ? demanda Zane.

Elle hocha la tête.

— On se voit dans cinq minutes.

— Tu veux que je t'accompagne ? lui cria Grayson en passant la tête dans l'embrasure de la porte menant à la cuisine.

— Je peux gérer une putain de ronde, grogna-t-elle en se dirigeant vers la porte.

— Purée ! Je demandais, tout simplement.

Elle savait pourquoi elle avait rabroué le jeune hybride. Elle était toujours fâchée contre elle-même à cause de la manière dont elle s'était occupée de Charles. Ses paroles continuaient à faire écho dans son esprit. *Je n'abandonnerai pas tant que tu ne m'auras pas pardonné.* Mais comment pouvait-elle lui pardonner alors que ses actes lui avaient causé tant d'années de douleur ? Comment pouvait-elle faire abstraction de cela ?

Tout en arrachant sa parka du crochet situé près de l'entrée, Roxanne ouvrit la porte et sortit d'un pas raide. Le mode professionnel s'enclencha, et elle examina les alentours. Le terrain sur lequel se trouvait la maison longeait une pente herbeuse aboutissant à une dense parcelle boisée située sur un flanc de la colline. L'avant de la demeure surplombait les maisons situées plus en bas. Cela s'avérait un bon poste d'observation. Toute voiture arrivant depuis la rue étroite pouvait être vue de loin.

Roxanne contourna l'angle du minuscule jardin et resserra sa parka autour de son torse, bien qu'elle ne ressentît pas réellement la fraîcheur de la nuit. Contrairement à un humain. Ou un sorcier. Involontairement, elle leva les yeux vers le second étage où dormait Charles. Par la fenêtre ouverte, elle vit de la lumière dans sa chambre. Il ne dormait peut-être pas, finalement. Peut-être l'évitait-il, tout simplement ? Et si tel était le cas, pouvait-elle réellement l'en blâmer ? Après tout, elle l'avait traité avec une franche hostilité après même qu'il lui eût avoué la raison pour laquelle il avait dû la quitter. Une personne raisonnable aurait accepté son explication. Une personne raisonnable lui aurait pardonné, à présent. Mais elle ne pouvait s'empêcher de soupçonner qu'il ne lui disait pas tout. Son refus de donner des détails sur les raisons de son retour et sur ce qu'il planifiait de faire la rendait mal à l'aise.

Elle promena son regard en direction des bois, mais tout y était tranquille. Elle regarda alors à nouveau vers la fenêtre et cela l'interpela. Pourquoi sa fenêtre était-elle ouverte ? La nuit était fraîche, et il ne faisait pas particulièrement chaud à l'intérieur de la maison. Cette prise de conscience lui picotant la peau, elle rebroussa chemin et retourna vers l'entrée.

Lorsqu'elle entra, elle rependit sa parka au crochet et regarda en haut des escaliers. Cherchait-elle tout simplement une excuse afin de parler à Charles ou s'inquiétait-elle vraiment à propos de cette fenêtre ouverte ? Quelle qu'en fût la raison, elle posa un pied sur la première marche.

— Tu montes ?

Elle tourna brusquement la tête sur le côté. Zane l'avait effrayée.

— Faut-il vraiment que tu rôdes comme ça ?

— Il ne le faut pas.

Il parvint à esquisser un demi-sourire. À peine.

— Mais j'aime bien, ajouta-t-il.

— Malade, tout simplement malade, dit-elle, entre les dents, en gravissant les escaliers. Je vais les voir.

— Besoin d'aide ?

— Non.

— Je suppose que tu sais ce que tu fais, dit Zane, d'un ton suffisant amenant Roxanne à vouloir le gifler.

Oui, cela la regardait, bon sang, si elle voulait parler à Charles. Mais savait-elle vraiment ce qu'elle faisait ? En allant à présent vers lui sous un quelconque prétexte, ne se remettait-elle pas dans la même situation ? Ne verrait-il pas clair en elle comme il l'avait toujours fait ? Verrait-il la femme désirant une seconde chance mais toutefois dépourvue de la moindre idée de comment s'y prendre, de comment laisser son passé derrière et tout recommencer ?

Arrivée devant la porte de la chambre de Charles, elle hésita. La bataille faisait rage en elle.

Ne le laisse pas te faire à nouveau du mal, lui disait une voix. *Laisse-lui une autre chance,* argumentait une autre.

Mais elle frappa à la porte avant même d'avoir pu décider quelle voix avait le plus de poids. Il n'y eut aucune réponse. Mais elle était venue jusqu'ici. Elle ne pouvait à présent plus faire demi-tour.

Elle tourna la poignée et ouvrit la porte.

— Charles…

Ses paroles moururent dès l'instant où elle aperçut le lit vide et non défait. Elle jeta un coup d'œil dans la pièce. Charles était parti.

— Merde !

Elle se précipita hors de la pièce et courut jusque la chambre occupée par Ilaria. Sans frapper, elle ouvrit violemment la porte. La lumière provenant du hall éclaira le lit, illuminant dès lors la jeune sorcière. Roxanne se figea. Ce qu'elle voyait était impossible !

Ilaria était étendue, le visage vers le matelas, les couvertures descendues sur les genoux. Elle portait un pantalon de pyjama et un soutien-gorge en coton qui exposait la plus grande partie de son dos. Elle planait à plusieurs centimètres au-dessus du lit !

Mais ceci n'était pas le pire. Après tout, c'était une sorcière, et certains sorciers avaient d'impressionnants pouvoirs. Ce que Roxanne vit sur le dos d'Ilaria était bien plus effrayant. Elle claqua la main contre sa bouche afin de s'empêcher de crier.

Mais Ilaria l'avait néanmoins entendue. Elle retomba soudain sur le lit, se retourna et se redressa, tendant la main vers le drap afin de se recouvrir.

— La marque, murmura Roxanne, incapable de croire ce qu'elle avait vu de ses propres yeux.

Telle une biche effrayée, Ilaria la dévisagea, reculant péniblement et repliant les genoux sur sa poitrine comme pour se protéger.

Mais Roxanne avait déjà vu ce qu'Ilaria essayait de cacher. Des signes et des symboles complexes quadrillaient son dos. Le dessin s'étendait presque sur la moitié supérieure de son dos. Si elle n'avait pas vu les symboles pulser tels les battements de cœur d'un être humain, Roxanne les aurait confondus avec un tatouage. Quoi que ce fût, ce qui était incrusté dans le dos d'Ilaria était vivant. Vivant et dangereux.

— Ne me fais pas de mal ! la supplia Ilaria, d'une voix si faible que Roxanne ne sut même pas si elle l'avait entendue parler ou si elle avait juste interprété la frayeur de la jeune fille.

Le bruit de pas dans les escaliers annonça l'arrivée de ses collègues. Roxanne enclencha l'interrupteur, baignant ainsi la chambre d'une chaude lumière, tandis que Zane et Grayson déboulaient derrière elle.

— Qu'est-ce qui se passe ? demanda Zane, le ton de sa voix indiquant qu'il se trouvait en alerte maximale.

— Charles est parti.

— Putain ! jura Zane.

— Comment a-t-il pu filer ? demanda Grayson. Je n'ai rien entendu.

Mais Roxanne, mieux que quiconque, savait ce dont Charles était capable. Elle aurait dû y être préparée.

— Il a probablement utilisé un sortilège pour quitter la maison sans se faire remarquer, dit-elle en fixant furieusement Ilaria. Où est-il allé ?

Les lèvres d'Ilaria tremblèrent, ses yeux se dirigeant vers la main de Roxanne, laquelle suivit son regard et comprit alors qu'elle avait sorti son arme et la tenait en main. Pas étonnant qu'Ilaria fût effrayée. Lentement, Roxanne rengaina le pistolet. Mais avant qu'elle n'eût pu répéter la question, son portable se mit à sonner. Elle le sortit de sa poche et vérifia l'identité du correspondant.

— Haven, dit-elle à ses collègues avant de répondre à l'appel. Qu'as-tu pour moi ?

— Tu ne vas pas aimer ça, commença le sorcier transformé en vampire.

— Laisse-moi en décider par moi-même.

— Eh bien, j'ai trouvé beaucoup de choses à propos des marques et autres. Mais la plupart était sans importance, excepté une marque en particulier. On l'appelle la *Marque de Cain*. Tout sorcier né avec la *Marque de Cain* est considéré comme étant propriété du diable, mauvais de naissance. On dit qu'une fois qu'ils ont acquis tous leurs pouvoirs, ils sont capables de détruire l'humanité.

— Putain !

— Tu l'as dit, répliqua Haven. Les sorciers porteurs de la marque sont pourchassés par chaque clan. Leur pouvoir fait peur, parce qu'ils l'utilisent pour faire le mal. Les bons sorciers de ce monde ont donc constitué un groupe de tueurs dont l'unique mission est de tuer les sorciers à la marque.

— Y a-t-il quelque chose quant à l'apparence de cette marque ? demanda Roxanne, bien que connaissant déjà la réponse.

— Je vais te le lire : la marque se présente comme une marque de naissance en forme de pentagramme qui grandit chaque année jusqu'à devenir un ensemble complexe de symboles—

— —et de signes qui pulsent comme s'ils étaient vivants, termina Roxanne.

— Comment—

— Je viens juste d'en voir une.

— Ah merde ! Vous devez sortir de là, tout de suite ! hurla Haven à travers le téléphone. Quand elle pulse, c'est le mal qui veut sortir. Tu ne peux pas l'arrêter. Une fois le démon libéré, personne ne peut le vaincre.

— Merci Haven, je garderai ça à l'esprit.

— Roxanne, tu dois—

Roxanne raccrocha et fourra le téléphone dans sa poche. Un regard latéral lui assura que ses collègues avaient entendu chaque mot prononcé par Haven.

Leurs pistolets étaient pointés sur Ilaria. La fille poussa un cri perçant.

— Je ne suis pas mauvaise, pleurnicha Ilaria. S'il vous plaît, je ne suis pas mauvaise. Je combats le mal. Charles, il m'y aide.

Des larmes jaillirent de ses yeux.

Roxanne n'avait jamais vu une personne aussi terrifiée. Lorsque son regard se suspendit à celui de la jeune fille, son propre passé s'effaça, et tout ce qu'elle vit fut une enfant avide de protection, une enfant qui aurait été tuée sans l'intervention d'un homme qui avait mis ses propres désirs de côté afin de la protéger.

— Je ne te ferai aucun mal, murmura Roxanne en s'approchant lentement afin de ne pas effrayer davantage la jeune fille.

— Recule, Roxanne, ce n'est pas sûr, dit Zane.

Elle regarda par-dessus son épaule et lui fit signe de rester calme.

— C'est juste une gamine.

Elle poursuivit alors son approche.

Ilaria observa chacun de ses pas en tremblant de manière incontrôlable.

— Non, dit-elle en levant la main. S'il te plaît. N'approche pas plus. Et si jamais *il* te faisait du mal ?

— Tu ne le laisseras pas faire, l'amadoua doucement Roxanne. Tu es plus forte que ça.

Du moins, elle l'espérait. Ilaria se devait d'être plus forte que le mal qui tentait de la contrôler. Ou tous périraient.

Roxanne ravala sa crainte et s'assit sur le lit avant d'attirer doucement Ilaria dans ses bras. Pendant quelques secondes, la jeune fille demeura figée. Mais, ensuite, avec hésitation, elle enroula les bras autour de Roxanne et la serra comme si sa vie en dépendait. De la main, Roxanne lui caressait les cheveux lorsqu'un claquement de porte la surprit.

Ilaria cria. Sous son autre main, Roxanne sentit la marque pulser à nouveau.

— Aidez-moi, s'écria Ilaria.

11

La panique lui donnant des ailes, Charles grimpa les escaliers à toute vitesse. Il avait entendu le cri d'Ilaria et ressentait sa peur. Quelque chose s'était passé, et il espéra qu'il ne fût pas trop tard.

Dès l'instant où il atteignit le palier du second étage, Zane lui bloqua le passage, un pistolet pointé sur lui.

— C'est quoi ce bordel ? jura Charles.

— Où es-tu allé ? dit Zane, les dents serrées, les yeux rouges.

— Qu'avez-vous fait à Ilaria ?

D'une petite salve d'énergie, il écarta le vampire chauve de son chemin en l'envoyant se cogner contre le mur. Il se rua alors dans la chambre d'Ilaria par la porte entrouverte et dérapa avant de s'immobiliser. La scène à laquelle il assistait n'était pas du tout ce à quoi il s'était attendu.

Bien que Grayson fût armé, à l'instar de Zane, son arme était baissée, et il dévisageait les deux femmes assises sur le lit : Roxanne tenait Ilaria en larmes dans ses bras, la réconfortait en caressant son dos dénudé de manière à apaiser la marque pulsante. Charles demeura bouche bée lorsqu'il vit que le signe distinctif présent sur le dos d'Ilaria commençait à pulser plus lentement. Le mal qu'il contenait s'affaiblissait sous les douces caresses de Roxanne. Lentement, sous ses yeux, l'aura rouge d'Ilaria devenait pourpre, puis bleue, jusqu'à devenir de plus en plus lumineuse.

Ayant entendu ou perçu son arrivée, Roxanne tourna la tête vers Charles, les yeux empreints d'empathie et de compréhension.

— Ton oncle est là, murmura-t-elle à Ilaria en faisant signe à ce dernier d'approcher.

Ses pieds le transportèrent jusqu'au lit et, lentement, doucement, Roxanne se dégagea de l'étreinte d'Ilaria avant de confier la jeune fille à Charles.

— J'ai eu si peur, lui murmura-t-elle tout contre son cou.

D'une main, il lui caressa les cheveux.

— Je suis là, maintenant, ma chérie, je suis là. Tout va bien se passer.

Elle leva la tête, une lueur d'espoir brillant dans ses yeux.

— Tu les as trouvés ?

Il hocha la tête.

Un frisson la parcourut, et sa voix se mit à trembler lorsqu'elle lui posa une autre question.

— Vont-ils m'aider ?

Il sourit et l'embrassa sur le front.

— Ils viendront te chercher la nuit prochaine.

Toute la tension abandonna son corps si souple, et elle s'affaissa contre lui.

— Repose-toi, maintenant. Je serai tout près.

Elle acquiesça et l'autorisa à la border. Il se redressa ensuite et se retourna vers Roxanne. Grayson et elle s'étaient retirés près de la porte, tandis que Zane se tenait derrière eux, une franche hostilité dans le regard. Alors que personne ne bougeait, Charles désigna le couloir derrière eux.

— Descendons, dit-il.

— Quelqu'un doit la surveiller, grogna Zane, d'un geste de la main tenant le pistolet.

— Non, insista Charles.

Si Ilaria se sentait menacée— et il était difficile de ne pas voir Zane comme une menace— le mal qui était en elle risquait de resurgir.

— Ça va aller, ajouta-t-il.

Malgré cela, Zane ne se retira pas.

— Laisse tomber, Zane, dit soudain Roxanne, à la surprise de Charles. Nous en discuterons en bas.

Les yeux plissés, Zane grogna, mais se tourna ensuite et se dirigea vers les escaliers.

Charles échangea un regard avec Roxanne. Dans ses yeux, il pouvait lire les nombreuses questions qu'elle se posait. Et, enfin, il y répondrait.

Quelques instants plus tard, il faisait face à Zane, Grayson et Roxanne dans le salon.

— Tu aurais dû me le dire, commença Roxanne.

Charles expulsa de l'air par ses narines et se passa une main dans les cheveux.

— Scanguards ne m'aurait jamais aidé si je vous avais dit à quel point la situation était dangereuse.

— À quel point Ilaria est dangereuse, tu veux dire, interrompit Zane, une certaine hostilité dans sa voix cinglante.

Charles lui lança un regard noir.

— Ce n'est pas Ilaria qui est dangereuse. C'est la marque. Le mal qui est en elle.

Mais Zane n'était pas satisfait.

— Même chose !

Roxanne leva une main afin d'arrêter son collègue.

— Laisse-le s'expliquer.

Reconnaissant que Roxanne ne le condamnât pas catégoriquement, Charles hocha la tête. Pourtant, elle avait toutes les raisons de le faire : il lui avait caché des informations vitales, lui avait menti, en fait, bien qu'il eût détesté le faire. Mais le temps des mensonges était à présent révolu.

— La marque qu'Ilaria porte sur le dos est une chose que tous les sorciers craignent. Des générations de sorciers ont tenté de l'éradiquer, car elle répand, dans ce monde, le mal à l'état pur. Elle soumet son hôte à sa volonté dès qu'il ou elle a abandonné toute résistance. Pour éradiquer ce fléau, il a toujours fallu tuer le sorcier qui le porte en lui. C'est notre devoir de le faire. Afin que nous soyons tous en sécurité. Vous comme nous.

Il regarda Zane dans les yeux, puis Roxanne.

— Je sais, poursuivit-il, que Scanguards a collaboré avec des sorciers, par le passé. Si je vous avais parlé de la vraie signification de la marque que porte Ilaria, n'importe quel sorcier de votre connaissance vous aurait conseillé de la tuer immédiatement.

— En voyant la manière dont la marque pulse, je n'aurais eu besoin de personne me disant de tirer, grogna Zane.

Charles hocha la tête.

— La première fois qu'elle a commencé à pulser, j'ai eu peur, moi aussi. Mais la peur ne fait qu'aggraver les choses. Elle lui confère du pouvoir.

Il regarda Roxanne, son cœur se réchauffant en se remémorant la manière dont elle avait réconforté sa nièce.

— Tu n'as pas eu peur, lui dit-il. Cela a aidé Ilaria à la combattre. Je t'en remercie.

— Haven m'avait prévenue, dit Roxanne.

— Haven ?

— Un collègue. Je lui ai demandé de faire quelques recherches pour moi. Il a trouvé des écrits au sujet de la marque. Il nous a appelés juste au moment où j'ai réalisé que tu étais parti. Je suis allée dans la chambre d'Ilaria pour te chercher et je l'ai trouvée en train de dormir, contrairement à la marque.

Le cœur de Charles s'arrêta.

— Elle était en activité pendant son sommeil ?

Tandis qu'elle acquiesçait et fronçait les sourcils, Charles avala sa salive.

— Qu'est-ce que ça signifie ? demanda-t-elle, visiblement anxieuse du fait que Charles se tût pendant quelques secondes.

— Vous feriez tous mieux de vous asseoir.

Les trois gardes du corps demeurèrent debout et, soudain, tous trois semblèrent s'ancrer au sol comme s'ils se préparaient à la bataille. Leur instinct était solide, et Charles espéra qu'ils seraient de son côté dès que l'inévitable bataille s'ensuivrait.

— Eh bien, je suppose que debout, c'est bien aussi, ajouta-t-il en haussant les épaules.

Il regarda le plafond et tendit l'oreille, mais tout était calme à l'étage. Il baissa ensuite le regard et dévisagea les trois vampires.

— Un sorcier sur mille naît avec la marque. Au départ, elle ressemble à un parfait tatouage. Un minuscule pentagramme. Si petite, elle n'a aucun pouvoir. Mais en grandissant, elle mûrit et développe davantage de symboles et de signes. Elle devient plus forte. Elle commence alors à influencer l'enfant, à exercer du contrôle sur lui. Cela devient difficile de gérer l'enfant. La marque s'en prend à ses parents, ses frère et sœur, à quiconque perçu comme une menace.

Il soupira profondément.

— Lorsqu'Ilaria a été placée sous ma responsabilité à l'âge de trois mois, poursuivit-il, j'ai su qu'il serait difficile de la maintenir sur le droit chemin et de lui donner la force de repousser le mal. Mais je ne savais pas combien cela me coûterait.

Il regarda Roxanne, recherchant ses yeux, tentant de lui faire comprendre que cela lui avait fait perdre l'amour qu'elle lui vouait.

— Je savais qu'il aurait été raisonnable de tuer ma nièce afin qu'elle n'ait jamais à souffrir ou à faire de mal à quelqu'un.

— Putain, c'était vraiment égoïste de ta part de la laisser vivre ! grogna Zane.

— Égoïste ? Tu peux appeler ça comme tu veux. Mais j'avais fait une promesse à sa mère. J'étais déchiré et, dans mes moments d'hésitation, Ilaria m'a fait le plus grand des cadeaux : l'amour d'un enfant pour son parent.

Il sentit les larmes lui monter aux yeux et se détourna, feignant un certain intérêt à la vieille cheminée.

— J'ai alors su que je ne pourrais jamais la tuer, ajouta-t-il. J'ai caché sa nature du mieux que je l'ai pu. Nous ne sommes jamais restés longtemps quelque part. Et durant tout ce temps, j'ai cherché les autres sorciers porteurs de la marque.

— Il y en a d'autres comme elle ? répéta Roxanne.

Charles fut lent à répondre.

— Oui. Les mêmes, quoique différents. Ils ont dompté le mal et, maintenant, *ils* contrôlent la marque présente sur leur corps. Ce n'est pas *elle* qui les contrôle.

Il se retourna pour faire à nouveau face à Roxanne et ses collègues.

— Comprenez-moi bien, précisa-t-il, ils sont toujours de puissants sorciers, plus puissants que moi ou n'importe quel autre sorcier de ma connaissance. Lorsqu'ils sont présents, on peut ressentir leur pouvoir. Celui-ci vous attire vers eux et vous met à leur merci. Mais ils ne font aucun mal aux gens s'ils ne se sentent pas menacés. Ils ne sont plus contrôlés par le mal.

— Comment est-ce possible? demanda Roxanne.

— Je ne sais pas. Peut-être est-ce leur volonté conjuguée, peut-être un rituel secret. Personne ne le sait. C'est leur secret, celui qu'ils ne partagent qu'avec ceux de leur propre espèce. Je sais juste que je dois leur confier Ilaria. Là est son seul salut. Et le nôtre.

Il chercha les yeux de Roxanne et s'adressa à elle.

— Je t'ai menti quand j'ai dit que les sorciers qui nous cachaient t'auraient tuée si je t'avais emmenée avec moi, parce que tu étais un vampire. Ce n'est que partiellement vrai.

— Quoi ? demanda Grayson, d'une voix rauque en lançant un regard confus à Charles et Roxanne, comme s'il jouait au ping-pong. Vous vous connaissiez avant ?

— Oh, essaie de suivre, s'il te plaît, grogna Zane. N'importe qui pouvait le voir, mais tu n'as visiblement d'yeux que pour la fille.

— Con ! siffla Grayson à l'intention de Zane.

— Comment Roxanne et moi nous connaissons est une histoire pour un autre jour, dit Charles en s'adressant à Grayson avant de dévisager à nouveau Roxanne.

— Je ne savais pas si je pourrais contrôler le mal qu'il y avait en Ilaria. Si je t'avais emmenée dans ma fuite, Ilaria aurait pu te tuer durant une de ses crises.

Et il n'aurait jamais pu se le pardonner.

— Crises ? dit à présent Grayson.

— Ces moments où la marque tente d'exercer son pouvoir sur elle. Ces moments où elle s'en prend à tout le monde et devient violente. Plus les gens affichent leur peur et leur horreur durant un de ces épisodes, plus la marque réagit violemment.

Il sourit à Roxanne.

— En lui montrant que tu n'avais pas peur qu'elle te fasse du mal, tu as aidé Ilaria à la combattre. J'ai vu son aura passer d'un rouge explosif à un bleu calme, juste sous mes yeux.

— Je n'ai pas pu voir les couleurs de son aura changer, dit Roxanne.

— Seuls les sorciers peuvent voir ce genre de choses dans l'aura de leurs semblables. D'autres créatures surnaturelles peuvent seulement identifier son aura comme étant celle d'un sorcier. J'ai vu les couleurs changer quand tu l'as réconfortée. Tu as calmé le mal. Pour l'instant. Mais pas pour longtemps.

Clairement affectée par ces paroles, Roxanne éprouva des difficultés à respirer.

— Qu'allons-nous faire ?

— Obtenir des renforts avant qu'Ilaria ne tue quelqu'un, dit brusquement Zane.

Roxanne se retourna vers lui.

— Tu n'as pas entendu ce que Charles vient juste de dire ? Si nous affichons notre peur et notre haine, le mal se déchaînera.

— Eh bien, que suggères-tu ? La serrer dans tes bras pour nous maintenir en sécurité, tant elle que nous ? grogna Zane, d'un air dégoûté.

— Bien que ce soit un peu trop simpliste, ça aide, temporairement, dut admettre Charles.

Zane le regarda furieusement et serra les dents.

— Je blaguais.

— Tu as failli m'avoir.

Charles doutait que le vampire fût capable de blaguer. Ou de sourire. Une tendre étreinte relevait d'un gros effort d'imagination.

— Concentre-toi, Charles, exigea Roxanne. Qu'est-ce qu'on peut faire ?

— Je l'ai déjà fait.

— Fait quoi ? demanda Zane empreint de suspicion.

— Ce soir, j'ai retrouvé les sorciers qui ont maîtrisé le pouvoir de leur marque. Ils sont d'accord d'emmener Ilaria pour l'aider à combattre le mal. Cela aura lieu la nuit prochaine.

— Oh, merde, jura Zane. Encore plus de putains de sorciers.

— Je ne sais pas ce que tu as contre les sorciers, lança Grayson, les bras croisés sur la poitrine. Moi, je les aime bien.

— Tu veux juste coucher avec sa nièce, grogna Zane.

Sous la colère, les yeux du jeune hybride rougirent.

— Ne sois pas si irrespectueux. Son oncle est là.

Mais Zane ne se souciait pas d'un si petit détail.

— Tu crois que je suis aveugle ou quoi, putain ?

— Arrêtez ! hurla Roxanne. Tous les deux ! Nous devons prendre une décision.

— J'ai pris la mienne, affirma Zane.

Elle le regarda furieusement.

— En tant qu'équipe.

Elle regarda ensuite Charles, et son expression s'adoucit.

— Parviendras-tu à la contrôler jusqu'à demain soir ?

Difficilement. Le mal se manifestant à présent durant son sommeil, il ne faudrait plus attendre longtemps avant qu'Ilaria ne perdît son vaillant combat.

— J'aurai besoin d'aide.

— Que puis-je faire ? offrit Roxanne.

— Pas la tienne.

Charles désigna alors Grayson.

— La sienne, ajouta-t-il.

Grayson pointa le doigt sur son torse, apparemment légèrement bombé.

— La mienne ?

Il arbora un large sourire.

— Que veux-tu que je fasse ? ajouta-t-il.

— Sais-tu faire des compliments ?

— C'est quoi ce… ? demanda Grayson en grimaçant.

— Quand Ilaria se réveillera, je veux que tu la distraies. Complimente-la, flirte avec elle. Maintiens-la occupée. Fais-lui croire qu'elle t'intéresse, de la manière dont une jeune femme pourrait intéresser un jeune homme. Dis-lui qu'elle est jolie.

— Certainement, mais pourquoi ? demanda Grayson, visiblement confus, quoiqu'incontestablement intéressé.

— Parce que l'amour l'aide à combattre le mal. Quand Ilaria a posé la première fois les yeux sur toi, son aura est devenue d'un blanc le plus pur. Je ne l'avais jamais vue de la sorte. Cela signifiait bonté et pureté. En quelque sorte, quand elle est avec toi, elle est plus forte, bien plus forte que je ne l'ai jamais vue. Si elle croit qu'un beau jeune homme s'intéresse à elle, cela l'aidera plus que moi à ce stade. Cela pourrait nous permettre de tenir durant vingt-quatre heures, jusqu'à ce que les sorciers viennent pour l'emmener.

— Bien sûr, je peux le faire. Aucun problème, bafouilla Grayson.

Charles ne manqua toutefois pas de remarquer le large sourire qui s'était affiché sur les lèvres du jeune homme.

— C'est tout simplement malsain, grogna Zane.

Charles l'ignora et s'adressa plutôt à Grayson.

— Oh et, Grayson, ce n'est pas une autorisation de la mettre dans ton lit. Tu me comprends ?

— Certainement.

Charles dut se détourner du sourire satisfait de l'hybride. Ou il allait probablement le gifler. Mais dans l'immédiat, aucune autre option ne s'offrait à lui. Ilaria était trop proche du bord du gouffre. La moindre erreur pouvait faire pencher la balance du pouvoir qu'elle avait en elle vers le bien ou vers le mal. Pour l'instant, un jeune matou comme Grayson pouvait s'avérer être le bon remède.

— Je continue de dire que nous devons attendre les renforts, insista à présent Zane.

— Je pensais que tu avais dit que tu comptais pour deux, répliqua Charles, n'appréciant pas l'attitude combative du vampire.

— Bien essayé, mon pote, mais m'insulter ne me fera pas changer d'avis. Roxanne, je vais appeler le QG, que tu aimes ça ou pas. Ceci est un boulot pour plus de trois personnes.

Il désigna ensuite Grayson.

— Et cela, d'autant plus que Roméo, ici présent, ne sera d'aucune utilité si quelque chose devait tourner mal.

Roxanne hocha la tête.

— Bien. Appelle les renforts, mais ne les fais pas venir à la maison. Je ne veux pas qu'Ilaria se sente menacée. Dis-leur de se garer autour du périmètre.

Zane sortit son téléphone de sa poche et se dirigea dans la cuisine.

— Grayson, laisse-nous un instant, dit Roxanne.

— Pourquoi…euh… oh. Bien sûr, ouais. Je vais juste… me laver les mains… ou autre.

Maladroitement, il se rendit d'un pas nonchalant dans le couloir et disparut dans la salle de bain.

Charles et Roxanne se retrouvèrent soudain seuls, et le silence s'abattit sur eux. Il balançait d'une jambe sur l'autre. Il avait dit la vérité. Plus aucun secret. Plus aucun mensonge. Maintenant, il avait besoin de savoir où ils en étaient.

Et pourtant, il hésita. Il avait dit tout ce qu'il y avait à dire. Il n'y avait plus rien à révéler. Il lui avait déjà dit qu'il l'aimait. Qu'il n'avait plus jamais touché une femme après elle. Qu'il la désirait toujours.

La balle se trouvait dans le camp de Roxanne. À présent, il lui appartenait de faire le pas suivant.

Roxanne fit un geste, comme si elle se préparait à faire quelque chose de difficile. Le cœur de Charles bondit, empli d'espoir.

Mais, quoi que Roxanne eût voulu dire ou faire, rien ne se passa.

Car la terre sous leurs pieds commença à trembler.

12

Le tremblement de terre ne devait pas être supérieur à 5.5 sur l'échelle de Richter. Le cœur de Roxanne commençait néanmoins à battre la chamade. Elle s'arc-bouta, le roulement familier des secousses tentant de lui faire perdre l'équilibre.

En dix secondes, tout fut terminé. Elle procéda à une rapide évaluation des dégâts. Une peinture accrochée au mur pendait de travers, sans toutefois être tombée. Un vase s'était renversé, mais avait atterri en toute sécurité sur un coussin.

Roxanne soupira de soulagement et gratifia Charles, visiblement un peu secoué, d'un sourire réconfortant.

— Probablement qu'un 5.0.

— Plus du genre 5.3.

La réplique de Grayson provint du couloir, tandis qu'il revenait nonchalamment dans le salon.

La porte derrière Roxanne s'ouvrit.

— À peine un 4.8, affirma Zane en sortant de la cuisine.

— Tu n'es même pas natif de Californie, dit Grayson. Que sais-tu des tremblements de terre ?

Roxanne roula des yeux. Au plus ils passaient du temps ensemble, au plus ces deux-là étaient en compétition l'un avec l'autre.

— Plus que toi, si on considère que je vis dans cet état depuis plus longtemps que toi.

Zane sortit son téléphone de sa poche et l'agita en direction de Grayson.

— On parie que j'ai raison ? ajouta-t-il.

Mais, plutôt que de répondre, Grayson tourna la tête vers le couloir.

— Le tremblement de terre a réveillé Ilaria.

Roxanne tendit l'oreille. Grayson avait raison.

— Je vais aller la voir, dit Charles en passant à toute vitesse devant elle tout en faisant un signe à Grayson.

— Tu viens avec moi, dit-il au jeune hybride. Je doute qu'elle veuille dormir, maintenant. Il est probable qu'il y ait des répliques. Quelqu'un doit lui tenir compagnie.

Grayson sourit et suivit Charles à l'étage. Roxanne les observa disparaître et les entendit entrer dans la chambre d'Ilaria.

— Foutus tremblements de terre, murmura Roxanne en se retournant vers Zane, lequel était occupé à passer un coup de fil avec son portable.

— Hé, ma puce, dit-il à voix basse, d'un ton bien plus doux et gentil que celui qu'il employait avec ses collègues.

Zane ne semblait amical que lorsqu'il parlait à son épouse. Portia, sa compagne de sang-mêlé, savait visiblement comment le faire sortir de sa carapace.

— Comment allez-vous, les garçons et toi ? Quelqu'un est blessé ?

Non désireuse d'écouter la conversation de Zane, Roxanne alla réajuster le tableau au mur.

— À propos du tremblement de terre, bien sûr, dit Zane, un peu plus fort.

Quelque chose dans sa voix amena Roxanne à le regarder, et elle remarqua les profondes rides apparues sur son front. Leurs regards se suspendirent. Quelque chose clochait.

— Donc, vous ne l'avez pas ressenti ? bafouilla Zane, avant d'écouter sa réponse. Non, non, il n'était pas fort. Peut-être juste de niveau trois.

La crainte s'afficha dans ses yeux, tandis que ce mensonge franchissait ses lèvres.

— Je ne voulais pas t'alarmer, poursuivit-il. Non, tout va bien. Embrasse les garçons pour moi, ok ? Je t'aime, ma puce.

Il mit fin à l'appel.

— C'est impossible que Portia ne l'ait pas ressenti, dit Roxanne.

— C'est exactement ce que je pense.

Il tapota sur son iPhone.

— Nous nous trouvons sur de la roche, ici. Ce qui n'est pas le cas de ma maison. Si nous l'avons ressenti, le sol sous ma maison aurait dû trembler encore plus.

Roxanne s'approcha afin de regarder l'écran du portable de Zane.

— Que dit la Commission géologique de Californie ? Déjà des alertes ?

Zane secoua la tête.

— Aucune.

Roxanne sortit son propre téléphone et ouvrit un site de réseau social.

— Les réseaux sociaux sont plus rapides que la Commission géologique de Californie. Je te parie qu'une centaine d'adolescents ont déjà posté ou tweeté à ce sujet.

Elle parcourut une multitude de commentaires postés. Aucun d'entre eux ne mentionnait un tremblement de terre en Californie du Nord.

— J'appelle le QG, dit Zane, la voix serrée traduisant une évidente urgence.

Roxanne hochait la tête lorsqu'elle entendit des bruits dans l'escalier. Elle aperçut les longues jambes de Charles et se dirigea vers lui, tandis qu'il arrivait au pied des marches. Elle le rejoignit sous l'encadrement de la porte.

— Elle va bien ? lui demanda-t-elle.

Il acquiesça d'un hochement de tête.

— Juste un peu agitée. Mais Grayson lui raconte des histoires à propos de son frère et de sa sœur et de la façon dont ils jouaient à deviner la puissance d'un tremblement de terre sur l'échelle de Richter.

Il sourit.

— Cela semble la distraire, ajouta-t-il.

— Bien. Parce que quelque chose cloche.

— Quoi ?

La crainte teintait la voix de Charles.

Elle lui fit signe de se rendre dans le salon, loin du hall depuis lequel leurs voix pouvaient porter jusqu'à l'étage.

— Nous ne trouvons aucune trace d'un tremblement de terre, expliqua-t-elle.

Il plissa les yeux.

— Pardon ? J'ai senti la terre trembler sous mes pieds.

— Putain ! jura Zane, amenant dès lors Roxanne et Charles à tourner la tête vers lui.

— Il n'y a eu aucun tremblement de terre, poursuivit-il. Nulle part en ville. Nous sommes les seuls à avoir ressenti des secousses.

Tentant de chasser l'inconfortable sensation qui lui parcourait la colonne vertébrale, Roxanne se frotta le cou.

— Qu'est-ce que c'était, alors ?

— Un avertissement, murmura Charles.

Elle lui lança un regard ébahi.

— De la part des sorciers porteurs de la marque ?

— Non, de ceux qui veulent la mort d'Ilaria. Et c'est ma faute s'ils nous ont trouvés.

~ ~ ~

Charles sentit cette froide et dure réalité s'abattre sur lui. Il savait qu'utiliser ses propres pouvoirs afin de trouver les sorciers porteurs de la marque aurait permis aux tueurs qui les pourchassaient, Ilaria et lui, depuis près de deux décennies, de le retrouver plus facilement. Au plus Ilaria et lui utilisaient leurs pouvoirs de manière conjointe, au plus ils couraient le risque d'envoyer un important signal magique visible par les autres sorciers. Mais durant tout ce temps, ils avaient pu dissimuler leurs habiletés et n'étaient jamais restés longtemps au même endroit. Les sorciers voulant la mort d'Ilaria n'avaient, dès lors, pu les repérer avec précision, sa nièce et lui. Mais la jeune fille étant entrée en possession de ses pouvoirs, il était devenu plus compliqué de demeurer cachés. Et cette nuit, tant l'utilisation du cristal dans le but de localiser les sorciers porteurs de la marque, que la crise d'Ilaria, avaient fait déborder la casserole et avaient permis à leurs ennemis de les repérer. La fête était finie.

— Cette nuit, j'ai fait usage de mes pouvoirs, expliqua-t-il à Roxanne, laquelle n'écoutait même pas.

Elle avait déjà réagi et avait ouvert une cloison secrète derrière laquelle se trouvait toute une série d'armes. Zane et elle étaient occupés à s'armer en échangeant de courtes instructions.

— Tu sais tirer ? aboya Zane à l'intention de Charles, prêt à lui lancer un pistolet et un magazine.

Mais Charles leva la main en guise de refus.

— Je n'aurai pas besoin d'un pistolet. Il vaut mieux combattre les sorciers en utilisant la sorcellerie.

Zane grogna tout en tapotant le couteau se trouvant dans l'étui attaché à sa hanche.

— Même les sorciers meurent quand on les poignarde ou leur tire dessus.

Il chargea un semi-automatique.

— Je vais m'en tenir à ça.

À ses côtés, Roxanne semblait également prête au combat. Elle tenait un pistolet dans sa main gantée et, de l'autre, attrapa quelques shurikens qu'elle enfonça dans ses poches.

Elle regarda ensuite Charles.

— Comment vont-ils s'y prendre ?

Il s'approcha d'elle.

— Ils vont vous surpasser en nombre. À en juger par la force de la secousse, je dirais qu'il y en a au moins une demi-douzaine, là, dehors.

— Les renforts sont déjà en route, le rassura Roxanne.

— Ils ne seront pas là à temps.

Selon son estimation, le trajet depuis les quartiers généraux de Scanguards durait au moins vingt minutes, si pas plus.

— Laisse-nous nous soucier de ça, l'interrompit Zane.

— Tout ce que nous avons à faire, c'est de les maintenir à distance jusqu'à l'arrivée des renforts, expliqua Roxanne tout en regardant son collègue. Grayson peut couvrir l'arrière. Toi et moi prendrons l'avant.

— Non ! protesta Charles. Grayson doit rester avec Ilaria et la maintenir calme. Dès qu'elle réalisera que nous sommes attaqués, le mal tentera de s'emparer d'elle. Elle nous détruira tous pour se sauver, et nous ne pourrons rien y faire.

Il vit les lèvres de Roxanne trembler, tandis qu'elle le regardait comme s'il avait perdu la tête.

— Comment se fait-il que tu sois toujours en vie ? demanda-t-elle.

— Car jusqu'à présent, j'ai été plus fort qu'elle. Mais ce qui va arriver d'ici peu la mettra au bord du KO. Nous ne pouvons le permettre. Si les sorciers amènent le combat à l'intérieur de cette maison, personne ne pourra empêcher le mal d'émerger.

— Putain ! jura Zane. Et tout le monde se demande pourquoi je déteste les sorciers. Va savoir pourquoi.

Charles l'ignora et posa le regard sur Roxanne.

— Nous devons les éloigner. Ce ne sera pas facile, et la ruse ne sera que temporaire. Mais cela pourrait nous donner suffisamment de temps pour permettre à la cavalerie d'arriver.

Roxanne écarquilla les yeux.

— Quel est ton plan ?

— Détourner leur attention.

13

— Prêts ? demanda Charles, dix minutes plus tard, en jetant un coup d'œil par la fenêtre de la cuisine surplombant le jardin situé au sommet de la côte abrupte.

— Ça ne marchera jamais, se sentit obligée de dire Roxanne, après que Charles eût expliqué les détails de son plan.

Le sorcier avait également informé Grayson de ce que ce dernier aurait à faire dès que Roxanne, Zane et lui seraient sortis.

Bien que Zane n'eût pas davantage aimé l'idée, il avait voté en faveur de celle-ci.

— Ceci vaut mieux que de demeurer des cibles faciles en attendant qu'ils frappent.

Davantage inquiète par le fait de laisser Ilaria seule plutôt que soucieuse de sa propre sécurité, Roxanne regarda Charles en espérant pouvoir l'influencer.

— Quid s'ils s'en aperçoivent immédiatement ? Ilaria sera sans défense.

— Ce ne sera pas le cas.

La voix de Charles inspirait confiance, de même que l'air déterminé qu'il avait dans les yeux.

— Aie un peu foi en mes capacités. Tu ne te souviens pas de quoi je suis capable ? ajouta-t-il.

Leurs regards se suspendirent. Pendant quelques secondes, elle se remémora les choses qu'elle l'avait vu faire par le passé et se souvint du pouvoir qui coulait dans ses veines.

— Fais-moi confiance, chérie, murmura-t-il si doucement qu'elle se demanda s'il avait réellement prononcé ces mots ou si elle les avait imaginés.

— Il est temps, les informa Zane. Je peux les entendre.

Charles déposa la paume de la main sur le haut de la tête de Roxanne et ferma les yeux. Elle sentit comme une chaleur se répandre en elle, s'infuser en elle et la transformer. Cette sensation lui parcourut les veines, se diluant telle de la teinture dans de l'eau, jusque dans toutes ses extrémités. Soudain, elle manqua d'air. Elle prit une inspiration. Expira.

Roxanne ouvrit les yeux et dévisagea Charles.

— Merde, dit Zane, admiratif. Tu as l'odeur d'une sorcière.

— Vite, ordonna Charles. L'illusion ne durera pas longtemps.

Sans le moindre bruit, Charles ouvrit délicatement la porte de l'entrée latérale et se glissa dans l'obscurité, Roxanne derrière lui et Zane fermant la marche. Cachés par de hauts buissons et les poubelles qui longeaient l'étroit sentier, ils se faufilèrent le long de la maison en direction de la côte abrupte située à l'arrière de celle-ci. Ils atteignirent le bout du jardin sans le moindre incident.

Zane passa devant et gravit, en courant, la colline garnie d'arbres et d'arbustes.

— Et s'ils ne nous voient pas ? murmura Roxanne à Charles, tandis qu'ils commençaient à grimper côte à côte.

— Ils n'ont peut-être pas la fine ouïe des vampires, mais ils s'apercevront que deux sorciers et un vampire tentent de s'enfuir. Ils mordront à l'hameçon. La question est : jusqu'où irons-nous avant qu'ils ne nous repèrent ?

— Pas assez loin, siffla Zane en se retournant, alors que des flashs de lumière illuminaient le ciel, juste au-dessus d'eux.

— Merde ! jura Roxanne en tendant la main vers son pistolet.

Elle aperçut immédiatement les sorciers. Tandis que leurs formes étaient difficilement distinguables malgré sa remarquable acuité visuelle, leurs auras étaient, elles, reconnaissables entre toutes. Roxanne visa et tira. La balle aurait dû atteindre la sorcière ciblée, mais cette dernière balança les bras en l'air et projeta un souffle d'énergie en direction du projectile et le détourna.

— Baisse-toi ! cria Charles, juste au moment où Roxanne réalisait que la balle n'avait pas seulement dévié de sa trajectoire, mais arrivait directement droit sur elle.

Roxanne sentit l'impact. Ce ne fut toutefois pas la balle qui la fit tomber, mais bien Charles venu s'écraser contre elle. Tous deux dégringolèrent la colline de plusieurs mètres, jusqu'à ce que Charles parvînt à enfoncer les talons dans le sol, les empêchant ainsi de poursuivre la culbute.

Pendant ce temps, des bruits de tirs atténués par le silencieux de Zane depuis l'endroit où il s'abritait, plus haut, derrière un arbre, crépitaient dans la nuit.

— Tout le voisinage va débarquer, dit Roxanne, les dents serrées.

Des innocents seraient pris dans la bataille.

— Ils ont dû élever une barrière antibruit, dit Charles en l'amenant avec lui derrière un vieux tronc d'arbre penché contre un gros rocher. Un sortilège pour camoufler ce qui se passe ici. Attirer l'attention n'est pas dans leur intérêt. Tout ce qu'ils veulent, c'est tuer Ilaria.

Ils plongèrent derrière le gros rocher, évitant de justesse une lance de feu qu'un des sorciers leur destinait. Roxanne sentit la chaleur lui roussir le bout des cheveux en passant au-dessus d'elle.

— Chouettes, les armes de tes amis, siffla-t-elle.

— Tu vois bien que ce ne sont pas mes amis, répliqua Charles en la poussant derrière lui. Reste couchée.

Avant qu'elle n'eût pu l'en empêcher, Charles jaillit les bras tendus et envoya un souffle d'énergie en direction des sorciers. Un cri stupéfiant se fit entendre dans la nuit. Roxanne bondit, le regard pointé par-delà la large carrure de Charles. L'aura de l'un des sorciers brilla telle une flamme, avant de s'éteindre tout aussi rapidement. Le souffle l'avait incinérée.

Mais Roxanne ne trouva nulle satisfaction en la mort du sorcier. Un regard vers le bas de la colline lui confirma, en effet, qu'ils étaient dépassés en nombre. Six ou sept silhouettes, au moins, approchaient et commençaient à grimper la côte. Et depuis le dessus de la colline, bien que Zane tirât bon nombre de balles, ces dernières manquaient sans cesse leurs cibles. Roxanne fit de même, tirant et lançant alternativement des shurikens sur l'ennemi. Sans le moindre succès. Comme s'ils étaient protégés par un écran que même Charles ne semblait pouvoir rompre.

Progressivement, les sorciers se rapprochaient. Roxanne regarda autour d'elle. Mais il n'y avait aucun endroit où s'enfuir ou se cacher. Ils avaient joué et avaient perdu. Dans quelques instants, les sorciers les auraient encerclés et abattus, un par un.

— Promets-moi une chose, Roxanne, murmura soudain Charles à ses côtés.

Le ton de sa voix lui envoyant un frisson tout le long de la colonne vertébrale, elle tournait la tête afin de le regarder, lorsqu'elle fut éblouie par des phares provenant de la rue remontant au refuge. Elle ajusta sa vision. Des SUV. Des vans à l'épreuve de la lumière.

— Ils sont là.

Elle agrippa Charles par l'épaule et désigna la route. Il suivit la direction de son doigt tendu.

— Scanguards. Ils pourront les prendre à revers.

— Seulement si je peux détraquer l'écran que les sorciers ont érigé autour d'eux. Je suis le seul à pouvoir le franchir.

Soudain, Charles pressa les lèvres contre celles de Roxanne en un baiser acharné.

— Souviens-toi toujours que je t'aime, précisa-t-il.

Il bondit ensuite de derrière le gros rocher et se rua vers l'avant, les bras déployés telles des ailes.

— Nooooon ! cria Roxanne.

C'était du suicide. Mais, cette fois, elle n'autoriserait pas Charles à la quitter. Cette fois, elle l'accompagnerait, où qu'il allât.

Un souffle d'air la fit basculer sur son derrière. Elle se releva péniblement et chercha Charles des yeux. Il affrontait déjà l'ennemi, des flèches de charges électriques projetées du bout de ses doigts venant s'abattre sur les sorciers et rebondir contre le bouclier commun. Implacablement, il faisait feu sur eux, tentant manifestement de les affaiblir lorsqu'il s'effondra soudain sur les genoux.

— Noooon ! cria Roxanne en bondissant.

Espérant que son aura de sorcière fût toujours intacte, et consciente du fait que les sorciers ne savaient pas à quoi ressemblait Ilaria, elle agita les bras à leur intention.

— Venez me chercher, ajouta-t-elle, c'est moi que vous voulez, putains de lâches !

Tous les regards s'abattirent sur Roxanne. Mais elle ne regardait que Charles qui, à présent, bien que n'étant pas en position de force, levait les bras. Lorsque de minuscules étincelles apparurent au bout de ses doigts, elle se retourna et se mit à courir. Elle savait que cela distrairait davantage les sorciers et les attirerait dans sa direction.

— Par ici, entendit-elle Zane crier.

Et elle changea de direction.

Derrière elle, les hurlements se mêlaient aux coups de fusils et à ce qui ressemblait à des explosions. Lorsqu'elle atteignit l'arbre où Zane se cachait, elle regarda par-dessus son épaule.

De là où elle se trouvait, elle disposait d'un parfait poste d'observation. D'une manière ou d'une autre, Charles était parvenu à briser le bouclier de protection des sorciers, permettant dès lors à Scanguards de les attaquer par l'arrière. L'attaque les prit par surprise. Six sorciers contre plus d'une douzaine de vampires. Les chances des premiers n'étaient pas grandes.

— Nous sommes les meilleurs, pas vrai ? gloussa Zane à ses côtés. Quoique je doive dire que ton homme, là-bas, n'est pas trop mauvais non plus. Pour un sorcier, du moins.

Des yeux, elle fixa l'endroit où elle avait aperçu Charles pour la dernière fois. Il n'était plus là. En panique, elle bondit, mais sentit immédiatement la main de Zane sur son bras.

— Il est là, sur la gauche. Il te cherche.

Elle le repéra et dévala pratiquement la colline, volant jusque dans ses bras.

— Ne refais jamais ça. C'était du suicide !

Charles la rattrapa et la pressa tout contre lui.

— Je suis toujours en vie.

Il l'embrassa avidement, puis regarda par-dessus son épaule, là où le silence s'était subitement abattu.

— J'ai le sentiment que la facture finale de Scanguards sera bien plus salée que prévu, ajouta-t-il.

Elle attira à nouveau son visage vers elle.

— Il se pourrait que je puisse te négocier une ristourne.

— Oh ouais. Et qu'est-ce que ça va me coûter ?

— Je ne suis pas bon marché.

— Je n'ai jamais pensé que tu l'étais.

Il l'embrassa à nouveau. Ensuite, il lui prit la main et tous deux descendirent le reste de la colline jusqu'à l'endroit où les collègues de Roxanne s'affairaient avec les corps des sorciers.

Elle repéra Samson et se dirigea vers lui.

— Comment as-tu fait pour arriver ici aussi vite ?

— Nous avons rassemblé une équipe dès l'instant où Haven a raccroché après t'avoir parlé, dit Samson. Lorsqu'il nous a dit que la marque d'Ilaria était en effet la *Marque de Caïn*, nous avons pensé que tu pourrais avoir besoin de renforts.

Roxanne regarda par-dessus son épaule.

— Voici Samson, mon patron, dit-elle.

Charles tendit la main à Samson.

— Je ne sais comment te remercier.

Samson la lui serra.

— Fais en sorte que je ne le regrette pas.

Il regarda tout autour de lui et hocha la tête à l'intention de Zane, lequel les rejoignait à présent.

— Tu vas bien ?

— Bien sûr, répondit Zane.

Samson tendit le cou et jeta un œil par-delà le vampire chauve.

— Et Grayson ? Je ne le vois pas.

L'inquiétude se profilait dans sa voix.

— Il est à l'intérieur, près d'Ilaria, dit Charles.

— Ilaria ? Ah, merde ! jura Samson en regardant furieusement Roxanne. Après ce qu'Haven t'a dit, tu as fait protéger la sorcière la plus dangereuse de San Francisco par mon fils ? Bon sang, Roxanne !

Mais Roxanne n'eut pas l'occasion de répondre car, déjà, Samson se précipitait dans la maison. Elle courut après lui et le rattrapa juste au moment où il arrivait au sommet des escaliers. Inspirant profondément, Samson suivit l'odeur de son fils et ouvrit violemment la porte de la chambre d'Ilaria.

— Samson, s'il te plaît, ne fais rien d'inconsidéré ! lui cria Roxanne.

Il se figea sous le chambranle de porte.

Roxanne arriva une fraction de seconde plus tard et jeta un œil par-dessus l'épaule de son patron.

Là, dans la chambre uniquement éclairée par une lampe de chevet, Grayson était assis dans un moelleux fauteuil, son pistolet serré dans une main et Ilaria couchée en chien de fusil sur ses genoux. Leurs lèvres fusionnaient en un baiser passionné, la main libre de Grayson caressant la nuque de la jeune fille, tandis qu'elle se tordait sur ses genoux, ses mains explorant le torse du jeune homme. La marque dans son dos était inoffensive.

— Hum, dit finalement Samson.

Ilaria arracha les lèvres de celles de Grayson et poussa un cri perçant. Grayson leva instantanément son pistolet, mais le rabaissa tout aussi rapidement.

— C'est juste mon père, chérie, murmura-t-il à Ilaria, tout en lui caressant doucement le dos.

— C'est quoi ce— Charles déboula dans la pièce. — Ne t'avais-je pas dit de ne pas—

Grayson l'interrompit.

— Tu as dit de la maintenir calme.

Il échangea un sourire narquois avec Ilaria.

— Et je pense plutôt avoir fait du bon boulot, pas vrai ?

Le visage de la jeune fille devint tout rouge.

Grayson sourit jusqu'aux oreilles.

— CQFD.

Roxanne ne put réprimer un sourire. Grayson était visiblement un tout aussi grand charmeur que son père, quand il le voulait.

14

Charles voulut effacer le sourire béat affiché par le jeune hybride mais, en regardant le dos d'Ilaria, il chassa cette idée : en la distrayant, Grayson était, en effet, parvenu à maîtriser la marque durant toute la bataille qui avait fait rage à l'extérieur. Et qui était-il pour lui refuser ce petit plaisir ? Après tout, elle n'avait jamais eu l'occasion de flirter avec un jeune homme.

— Et si nous descendions afin de faire le point sur la situation ? suggéra Samson en désignant le couloir.

La porte à moitié franchie, il regarda par-dessus son épaule.

— Et, Grayson ?

— Oui, papa ?

— Comporte-toi convenablement.

— N'est-ce pas ce que je fais toujours ?

Samson roula des yeux et longea le couloir jusqu'aux escaliers.

Charles pointa l'index en direction de l'arrogant jeune hybride.

— Écoute ton père.

Il grogna.

— Ou tu apprendras vite à quoi ressemble la colère d'un sorcier, ajouta-t-il.

Grayson prit le temps avant de répondre.

— Oui… Monsieur.

Satisfait, Charles se retourna et capta le regard impassible que posait Roxanne sur lui. Il la fit sortir de la pièce et, côte à côte, ils descendirent au rez-de-chaussée, là où s'affairaient plusieurs membres du personnel de Scanguards.

— Haven, encore combien de temps avant que les corps ne soient chargés ? demanda Samson à un vampire à la large carrure qui entrait dans le couloir.

— Accorde-nous vingt minutes, et l'endroit redeviendra aussi normal qu'avant.

Tout en hochant la tête à l'intention d'Haven, Samson leva la main et fit signe à Charles et Roxanne de le rejoindre.

— Un mot, dit-il.

— Encore une fois, je suis reconnaissant—

Mais Samson l'agressant verbalement, Charles n'eut pas l'opportunité de poursuivre.

— Putain, mais à quoi pensais-tu en nous cachant ce que nous étions censés protéger ?

Ses yeux commencèrent à briller, signe que sous son apparence, le vampire était agité.

— Tu aurais pu nous faire tous tuer ! ajouta-t-il. Et utiliser mon fils—

— Ton fils semble n'avoir aucune objection, protesta Charles.

Samson grogna et afficha ses canines.

— Parce que c'est un gamin dont les hormones travaillent ! Ce n'est ni bien ni sûr d'agir de cette façon !

— À en juger par ce que j'ai vu, il n'est plus un gamin.

Samson se retrouva nez à nez avec lui.

— Le fait est : tu nous as menti. Ilaria est un danger. Pour nous tous.

Il jeta un œil vers Roxanne.

— Zane a averti le QG. Haven et moi en avons discuté en chemin pour venir ici.

À nouveau, il regarda Charles furieusement.

— Mes hommes vont la placer en détention provisoire jusqu'à ce qu'elle puisse être transférée en toute sécurité auprès des sorciers aptes à s'occuper d'elle. Au QG, nous avons des cellules souterraines où elle sera en sécurité.

— Il faudra d'abord me passer sur le corps, protesta Charles. Personne ne mettra Ilaria dans une cellule.

Samson posa les mains sur les hanches.

— Nous n'avons pas le choix. Grayson a peut-être pu la distraire cette fois-ci, mais personne ne sait ce qui se passera la fois prochaine. Je ne prends pas la sécurité de ma famille et de mes employés à la légère.

Charles était prêt à exploser de colère.

— Alors, considère que vous êtes virés !

Car il ne permettrait jamais qu'Ilaria fût placée dans ce qui s'apparentait à un donjon : une cellule souterraine. La peau de sa nuque commença à picoter de manière inconfortable. Cette seule pensée lui donnait la chair de poule.

— Trop tard ! Tu ne peux plus nous virer. Il est question de notre propre protection, maintenant.

Le picotement s'accentua et autre chose lui fit également prendre conscience qu'Ilaria et lui n'étaient plus les seuls sorciers présents dans la maison. Un des sorciers ennemis était-il parvenu à se cacher ? Étaient-ils sur le point d'être attaqués ?

— Sorcier ! cria Charles en se retournant.

Plusieurs armes furent instantanément dirigées vers la silhouette se tenant à la porte d'entrée.

— Ne tirez pas ! cria Charles en se plaçant entre la sorcière et les pistolets.

— Je la connais, ajouta-t-il.

Mais il n'avait pas à se tracasser. La sorcière à laquelle il avait parlé quelques heures plus tôt au parc du Golden Gate avait, en effet, levé la main, installant ainsi un champ de force la protégeant si intensément que l'air présent entre les vampires et elle chatoyait d'une lueur argentée.

Les hommes de Scanguards ne se résignèrent pas.

— Cela me touche que tu veuilles me protéger, dit la sorcière, d'une voix traînante, sur le même ton que celui employé un peu plus tôt dans les bois.

— Mais je n'ai nullement besoin de protection de la part de vampires, précisa-t-elle.

Elle passa à côté de lui et désigna Samson.

— Tu sembles être leur chef, lui dit-elle.

Samson acquiesça.

— Je ne vous veux aucun mal. Je suis ici pour la fille.

Elle jeta un œil vers l'arrière de la maison.

— Étant donné ce qui s'est passé ici ce soir, mon clan a décidé de l'emmener immédiatement. Ce sera mieux pour nous tous. N'êtes-vous pas d'accord ?

— Si elle accepte de t'accompagner, mes hommes ne t'en empêcheront pas, dit Samson.

Charles entendit des pas dans les escaliers et regarda par-dessus son épaule. Ilaria avait enfilé un pull et un jeans et se dirigeait vers eux. Elle avait également ressenti l'arrivée de la sorcière porteuse la marque. Lorsqu'elle arriva au pied de l'escalier, Charles lui prit la main.

— Tu te sens prête ?

Elle sourit et regarda l'étrangère.

— Je l'ai toujours été.

Elle regarda ensuite en direction du haut de l'escalier, là où se trouvait Grayson, les mains dans les poches, une expression solennelle sur le visage.

— Merci, murmura Ilaria, la voix voilée par les larmes.

Charles lui serra la main, et elle rencontra son regard.

— Tu me manqueras, petit cœur.

Ilaria le serra dans ses bras.

— Tu me manqueras aussi, oncle Charles.

En ce moment précis, il se sentait bien plus qu'un simple oncle. Il était comme un père en train de perdre sa fille. Comme si elle le ressentait, Ilaria leva les yeux et suspendit son regard au sien.

— Un jour, nous nous retrouverons. Promets-moi que tu ne t'inquièteras pas pour moi. À présent, il est temps que tu vives ta propre vie. Tu l'as déjà tellement sacrifiée.

Involontairement, le regard de Charles dériva vers Roxanne, laquelle se tenait entre ses collègues. Elle avait baissé son arme, alors que ses collègues la pointaient toujours en direction de la sorcière.

— Viens, mon enfant, dit celle-ci en tendant une main.

Sans la moindre crainte ou hésitation, Ilaria la lui prit et autorisa cette étrangère à l'emmener.

Des souffles de soulagement emplirent la pièce, se mêlant aux clics étouffés des pistolets que l'on replaçait en sécurité dans leurs étuis. La menace était enfin passée.

Charles sentit la tension quitter Samson.

— Fichons le camp d'ici, les gars, dit ce dernier à ses hommes avant de regarder Roxanne. Tu pars avec nous ?

Charles surprit le regard en biais que Roxanne lui lança avant de répondre à la question de son patron.

— J'ai une chose à faire, avant. Je te verrai au quartier général demain soir.

Samson acquiesça d'un hochement de tête.

Quelques minutes plus tard, tous les collègues de Roxanne étaient partis, emmenant avec eux toute trace du combat qui s'était déroulé à cet endroit.

Roxanne et Charles se retrouvaient enfin seuls.

15

Roxanne observa Charles refermer la porte derrière ses collègues et mettre le verrou. Lorsqu'il se retourna, elle rencontra son regard.

Elle ne savait pas réellement comment commencer, que dire, que faire, mais elle savait que c'était son tour. Elle le sentait.

— Quand j'ai aperçu la marque dans le dos d'Ilaria, quand je l'ai vue pulser, j'ai enfin compris pourquoi tu as fait ce que tu as fait. La raison pour laquelle tu m'as quittée.

Charles tendit la main.

— Je n'ai jamais voulu te quitter.

— Tu n'avais pas le choix. Sans toi, Ilaria n'aurait jamais survécu jusqu'à l'âge adulte. Et tu l'as fait en sachant qu'à n'importe quel moment, elle pouvait s'en prendre à toi et laisser le mal qu'elle avait en elle te détruire.

Elle vit les yeux de Charles s'humidifier.

— Parce que je savais que si je parvenais à la mettre en sécurité, je pourrais ensuite revenir vers toi, à condition que tu puisses me pardonner ce que j'avais fait, dit-il.

Lentement, elle secoua la tête.

— Te pardonner ?

Il laissa tomber la tête.

— Oh, Charles, poursuivit-elle, il n'y a rien à pardonner.

Elle parcourut la distance qui les séparait et l'enlaça, le sentant frémir de soulagement.

— Je regrette juste que tu ne m'aies pas permis d'être à tes côtés. Ensemble, nous aurions été plus forts, ajouta-t-elle.

Il posa ensuite les mains sur son visage et l'inclina vers lui.

— Ça, je le sais, maintenant. En voyant que tu n'éprouvais aucune crainte à son égard, j'ai réalisé que j'avais eu tort. Mais je ne pouvais pas prendre ce risque, pas en sachant ce que pourrait entraîner le fait d'élever une sorcière possédant la marque. Je ne pouvais risquer ta vie. Je t'aimais trop. Et je t'aime encore.

— J'ai essayé d'arrêter de t'aimer, murmura Roxanne, les larmes aux yeux. Mais j'ai échoué.

— Personne n'est parfait. Pas même toi.

Charles gloussa, et ce son transperça le cœur de Roxanne, détruisant ainsi le mur qu'elle avait construit tout autour de celui-ci.

— Et c'est exactement comme ça que je t'aime, précisa-t-il.

Elle rit en dépit des larmes qui lui coulaient à présent le long des joues. Elle n'avait plus à les cacher.

— Je t'aime, Charles.

L'instant suivant, il la soulevait et la portait en direction des escaliers.

— Qu'est-ce que tu fais ? demanda-t-elle.

— Je t'emmène au lit, mon amour.

— Mais je ne suis pas fatiguée, le taquina-t-elle, ressentant la chaleur qui bouillonnait en elle.

— Moi non plus.

À l'étage, Charles poussa la porte de la chambre et actionna l'interrupteur. Il se figea, tandis que Roxanne détournait le regard et laissait errer les yeux.

La chambre semblait avoir été empruntée à un magazine spécialisé en lunes de miel. Un grand lit paré d'un baldaquin en mousseline dominait la pièce. De doux draps recouvraient le matelas. La lumière crue du plafonnier avait été remplacée par deux lampes de chevet dégageant une lueur orange.

— C'est beau. Merci, murmura-t-elle, bien qu'elle sût que c'était une illusion.

Charles rencontra son regard.

— Ne me remercie pas. J'ai le sentiment que c'est un cadeau d'adieu d'Ilaria.

— Alors, que penses-tu de profiter de notre cadeau ? Je suis certaine qu'elle le voudrait.

Charles lui adressa un clin d'œil.

— Je suis d'accord.

Il la posa sur le lit et commença à se déshabiller. Elle l'observa, de plus en plus affamée par ce spectacle. Il révéla tout d'abord une poitrine quasiment imberbe, aux muscles toniques. Ses biceps étaient prononcés. Ils se contractèrent au moment où il passa son polo par-dessus la tête. Il le lança à terre, puis ouvrit le bouton de son pantalon et leva le regard.

Il gloussa.

— Le jeu ne fonctionnera que si nous sommes nus, tous les deux.

— J'étais juste en train d'admirer ce qui serait bientôt à moi.

Et 'bientôt' n'arriverait jamais assez vite.

— Cette fois, c'est pour de bon.

~ ~ ~

Charles avait le cœur retourné. Il avait rêvé de ce moment pendant tellement d'années : entendre Roxanne lui dire qu'elle voulait passer l'éternité avec lui.

Il ne perdit pas de temps et se déshabilla jusqu'à se retrouver nu devant elle, son membre déjà dur, lourd et impatient. Il se tint là, au pied du lit, pendant un moment, à regarder Roxanne et la manière dont elle se léchait les lèvres tout en se délectant à sa vue.

— Au plus tôt tu te déshabilleras, au plus vite tu obtiendras ce que tu désires tant, dit-il, laissant courir les yeux sur elle.

— Je ne voulais rien rater, répondit-elle avant de commencer à se dénuder.

Son top tomba tout d'abord par terre, puis ses chaussures et son pantalon. La bouche de Charles saliva lorsqu'il lui défit le soutien-gorge et le lui ôta. Mais lorsque ses pouces s'accrochèrent dans le string afin de le faire glisser le long des jambes de Roxanne, il sentit son sexe tressaillir d'impatience.

Ce soir, ils se retrouvaient tous deux nus. Pas seulement physiquement, mais également émotionnellement.

Charles posa un genou sur le matelas, s'arc-boutant au-dessus d'elle. Elle tendit les mains vers lui, attirant sa tête vers la sienne, les yeux scintillant à présent d'une lueur dorée. Il l'avait toujours trouvée belle, mais à chaque fois que ses iris s'illuminaient du feu provoqué par son côté vampire, il sentait un désir primitif s'éveiller en lui. Celui que seul Roxanne pouvait apaiser.

Il lui captura les lèvres, l'embrassant pour la première fois sans le moindre mensonge ou secret entre eux. Roxanne l'embrassa avidement avec la langue, la pression acharnée exercée par celle-ci contre celle de Charles rappelant à son amant à quel point elle était forte. Puissante. Et à quel point elle était différente de lui. Lui, un sorcier qui aimait la lumière. Elle, un vampire qui vivait dans l'obscurité.

Et pourtant, tandis qu'il l'embrassait passionnément et l'explorait de ses mains, se réaccoutumant à ses courbes pulpeuses et à sa peau soyeuse, il savait qu'ils étaient faits l'un pour l'autre. Faits pour combler les différences de leurs espèces en permettant à l'amour et la confiance de s'épanouir entre eux.

À chaque seconde, le baiser s'intensifiait. Il sentit Roxanne l'attirer au centre de sa féminité, faisant glisser son membre à la jonction de ses cuisses, là où se rassemblaient chaleur et humidité. Il frotta le bout de son sexe le long de la fente, ce doux contact le faisant grogner. Sous lui, Roxanne se tordait, se mouvait afin d'incliner le bassin.

Il poussa le bout de sa verge entre les lèvres enflées du sexe de sa partenaire.

— Putain ! jura-t-il, en arrachant la bouche de celle de Roxanne et en lançant la tête en arrière.

— Trop bon ! ajouta-t-il.

Il ne faisait preuve d'aucun self contrôle, d'aucune patience. Autant il voulait ralentir tout ceci, autant il ne pouvait s'arrêter, et il plongea à l'intérieur de la chaleur humide de sa féminité. Roxanne l'accueillit, ses jambes s'enroulant déjà autour de sa taille afin de l'empêcher de s'enfuir, ses ongles s'enfonçant dans sa chair. Il avait toujours aimé cela, toujours aimé la manière dont elle lâchait prise lorsqu'il était en elle. Il avait toujours apprécié la façon dont elle se donnait à lui comme s'il était le plus fort d'entre eux, alors qu'il savait qu'elle pouvait le tuer grâce à ses canines et ses griffes affûtées. Il n'avait toutefois jamais ressenti la moindre crainte, tant l'amour les rendait égaux. L'amour lui conférait du pouvoir sur elle, tout comme elle avait du pouvoir sur lui.

Mais ce soir, ils surpasseraient même tout cela, car ce soir, ils ne formeraient réellement plus qu'un.

Il la chevaucha ardemment, s'enfonçant avec rapidité et en profondeur, sachant comment se mouvoir de manière à l'exciter davantage. Elle n'avait pas du tout changé, libérait toujours les mêmes soupirs que par le passé lorsqu'il frottait son clitoris de la bonne manière. C'était excitant d'observer son corps exploser de plaisir, mais y prendre part, ressentir ses muscles internes se resserrer autour de lui, se contracter et se relâcher, était plus que ce à quoi n'importe quel homme ne pouvait jamais rêver. Il était un chanceux fils de pute d'avoir gagné l'amour d'une femme comme Roxanne.

— Laisse-moi t'appartenir, exigea-t-il, incapable d'attendre plus longuement.

La patience était surfaite. Ils avaient toute l'éternité pour eux. À l'époque, il avait peut-être appris à patienter, mais il avait attendu vingt-trois années après ceci et ne voulait plus perdre un seul instant.

Un flash apparut dans les yeux de Roxanne, et leur lueur dorée devint orange, puis rouge. Ses lèvres laissèrent entrevoir le bout de ses canines qui s'allongèrent à leur longueur maximale. Elle amena une main vers son épaule, et Charles observa avec fascination la manière dont elle se trancha la peau. Du sang s'écoula de l'incision.

Il rencontra son regard et, dans ses yeux, y lut le désir, l'amour et la confiance. Car dès qu'ils auraient terminé de se lier par le sang, Roxanne ne boirait plus que son sang à lui. Il deviendrait son unique source de nourriture. Et il voulait cette responsabilité. Il en avait terriblement envie, en fait.

— Sois mienne, murmura-t-il en pressant les lèvres contre la minuscule blessure présente sur l'épaule de Roxanne, léchant et tétant le sang qui en suintait, en réclamant davantage.

Il sentit Roxanne frémir sous son corps, ses muscles se contractant alors que son orgasme l'ébranlait. Ensuite, il la sentit. Roxanne enfonça ses canines affûtées dans son cou et lui perça la veine. Il trembla de plaisir et relâcha la dernière once de self contrôle. Son orgasme le percuta telle une vague venant s'écraser contre une falaise.

Oh Dieu, comme sa morsure lui avait manqué. Comment avait-il pu survivre sans cela, sans elle, pendant si longtemps ? Il avait été plus mort que vivant et ne l'avait même pas réalisé.

Je sais. La voix de Roxanne était dans sa tête.

Il y était préparé, savait que cela se produirait, que le lien par le sang leur forgerait, à Roxanne et à lui, une connexion télépathique. Mais il n'aurait jamais pu imaginer à quel point il était intense, à quel point il se sentirait proche d'elle, quelle part du cœur et de l'âme de sa partenaire il sentirait s'infiltrer en lui.

Je ne te quitterai jamais, mon amour, répondit-il, de la même façon qu'elle lui avait envoyé ses pensées.

Si tu le fais, je te poursuivrai jusqu'au bout du monde. Et je suis plus rapide que toi.

Il voulut glousser et l'aurait fait, n'eût-il pas été si occupé à boire le sang de Roxanne pendant qu'elle buvait le sien. Il la gratifia plutôt de la seule réponse à laquelle il put penser.

Il lui fit l'amour jusqu'à ce qu'aucun d'entre eux ne pût plus bouger un autre membre.

Lorsqu'ils cessèrent enfin de remuer, il se lova contre elle et employa ce qu'il lui restait d'énergie afin de jeter un sort.

Des vrilles invisibles semblables à des liens de soie poussèrent tout autour d'eux, les attachant ensemble.

— Oh, Charles, murmura Roxanne, d'un air endormi, avant de soupirer.

Il vint blottir son visage dans le creux de son cou.
— Maintenant, je te tiens. Et je ne lâcherai jamais prise.

~ ~ ~

ARDENT DÉSIR

(LES VAMPIRES SCANGUARDS – UNE NOUVELLE)

TINA FOLSOM

TRADUIT DE L'AMÉRICAIN

Titre original: Mortal Wish
Copyright © 2016 Tina Folsom

© Tina Folsom 2016, pour la présente traduction

Illustration de couverture: Leah Kaye Suttle

1

Sur une île du Golfe du Mexique, décembre 1991

Sous l'œil attentif de Jake, l'homme s'afféra à amarrer le ferry au quai avant de déplacer et fixer solidement la passerelle par-dessus l'interstice présent entre le quai et le bateau.

— Bateau amarré, cria-t-il au capitaine.

Ce dernier lui fit signe en guise de réponse, puis posa le regard sur Jake.

— Passez un agréable séjour.

Jake franchit la passerelle et débarqua sur le quai. Il avait été l'unique passager du ferry du soir. Il supposa que la plupart des visiteurs qui étaient descendus sur cette île minuscule d'à peine un millier d'habitants étaient arrivés avec un bateau précédent mais, pour sa part, il n'avait pas eu le choix. Voyager durant la journée lui était impossible.

— Monsieur Stone ?

Au son de cette voix qui l'appelait, il tourna la tête et remarqua un gamin dégingandé à côté de la capitainerie qui était en train de lui faire signe. Il ne pouvait avoir plus de vingt ans, et ses cheveux roux ressemblaient à une balise dans la nuit. Tout comme le parfum qui émanait de lui : celui d'un sang jeune et frais.

Heureusement, non désireux d'être surpris en pleine chasse sur la petite île, Jake s'était abondamment nourri avant de quitter le continent. Il avait également emporté du précieux liquide rouge qu'il avait volé dans une banque de sang à New York, là où il avait vécu durant cette dernière année. L'anonymat y avait été son ami, alors que dans les petites villes, les gens faisaient attention aux autres et interféraient lorsque quelque chose d'étrange se passait. Comme lorsqu'il suçait le cou d'un juteux humain.

— Je suis Jack Stone, cria-t-il en s'approchant du gamin dont le sang avait une odeur pure, riche et juste un peu trop attrayante.

Lorsqu'il s'arrêta devant le jeune, son petit sac de voyage en main, le gosse lui adressa un large sourire.

— Je suis Carl. Bienvenue à Seeker's Island. Madame Adams m'a envoyé. Je vais vous emmener à l'auberge Sunseekers.

Carl fit mine de prendre le sac, mais Jake ne le lâcha pas.

— Ouvre la marche.

Le gamin fit un signe en direction de la rue qui longeait le petit port.

— Je suis garé juste là.

Jake haussa un sourcil. Il ne s'était pas attendu à ce que l'île autorisât les voitures.

— Où ?

Carl pointa une petite chose blanche qui se trouvait au bord du trottoir.

— Une voiturette de golf, murmura Jake. *Avec une branche de gui pendue au rétroviseur ?*

Le gosse hocha la tête avec enthousiasme.

— Nous n'avons pas de voitures sur l'île. Mais je peux utiliser une des voiturettes de golf pour balader les touristes. En fait, c'est presque la mienne.

Jake se força à sourire et le suivit. Super : Carl était un moulin à paroles. C'était juste ce dont il avait besoin. S'il avait eu le choix, il ne serait pas venu sur une petite île comme celle-ci, où tout le monde savait tout des affaires des autres. Mais il ne l'avait pas eu. Il s'agissait là de son dernier recours.

Tandis que Jake se glissait sur le siège passager et déposait son sac entre ses pieds, Carl fit démarrer le moteur électrique et s'engagea dans la rue longeant la côte. Les maisons et les magasins qui bordaient cette rue pittoresque lui donnèrent l'impression d'être entré à Disneyland. Un Disneyland décoré pour Noël, en fait, car pratiquement chaque magasin était orné de lumières colorées à dominance rouge et verte. Et peut-être que cette île était juste comme Disneyland, pleine d'illusions et de souhaits pour des choses qu'il ne pouvait avoir.

— Êtes-vous ici pour la…, vous voyez ? poursuivit Carl.

Sachant que le gamin faisait référence à la source thermale réputée pour ses vertus magiques, Jake ne répondit pas directement et laissa plutôt errer les yeux vers l'océan et l'impénétrable obscurité au-delà de la plage.

— La… ça ne marche pas vraiment, pas vrai ?

Carl se redressa sur son siège, comme s'il voulait manifester davantage d'autorité.

— Bien sûr que oui !

Il baissa ensuite la voix et se rapprocha. Il se mit alors à murmurer.

— J'ai grandi ici. Tout ce que vous avez entendu est vrai. Si vous en buvez, votre désir le plus cher se réalisera.

Jake réprima son irrépressible envie de se moquer. Si la source fonctionnait vraiment, pourquoi un jeune homme comme Carl vivait-il toujours ici, à effectuer cet ingrat boulot de chauffeur pour touristes ?

— Bien sûr, si tu veux.

Peut-être était-il tout simplement cynique. Quel vampire de cent quarante-sept ans ne le serait pas ? Ou peut-être se préparait-il mentalement au moment où il découvrirait que la source magique n'avait, en réalité, pas le pouvoir d'exaucer les vœux.

— Vous verrez ! lui prédit Carl en arrêtant la voiturette.

Il désigna la grande maison victorienne qui s'élevait derrière une clôture blanche.

— Nous y sommes.

Jake sortit un billet de cinq dollars de sa poche et le tendit au gamin.

— Merci, Carl.

Le jeune afficha un grand sourire en empochant l'argent.

— Et si vous avez besoin d'un moyen de transport sur l'île, je serai heureux de vous conduire.

Jake n'en doutait pas. Il était sûr que les opportunités de se faire de l'argent sur l'île étaient rares.

— Je te le ferai savoir.

Il sortit de la voiturette et gravit l'allée qui menait à la maison, sac en main.

Le moteur électrique fit à peine du bruit lorsque Carl s'en alla.

Jake ouvrit la porte et entra. Le vestibule était cosy et bien éclairé. Un grand sapin de Noël orné de décorations anciennes occupait la moitié du hall d'entrée. Il dut admettre, en dépit de son aversion pour Noël, que cet épicéa bleu fraîchement coupé était plutôt joli, et l'odeur lui rappela des souvenirs de jeunesse. Des souvenirs de temps meilleurs.

Un grand escalier en bois menait aux étages supérieurs. À sa gauche, se trouvait la réception, laquelle ressemblait à une cabine pourvue d'un haut comptoir à l'avant et d'étagères à l'arrière. Jake s'en approcha et déposa son sac à terre. Ne voyant personne bien que ressentant une présence, il frappa sur la petite cloche présente sur le comptoir.

Alors que le doux tintement résonnait dans le vestibule, il entendit soudain un bruit et, un instant plus tard, une femme se leva depuis l'arrière du comptoir, ajustant la manche de sa robe colorée tout en lui adressant un sourire contrit. Il ne l'avait pas vue, pas plus que ses sens n'avaient capté son odeur. Le parfum de l'arbre fraîchement coupé, du potpourri et des bougies odorantes qui semblaient être présentes partout où il y avait un rebord ou une surface disponible, était trop dominant.

— Oh mon Dieu, vous m'avez surprise !

Elle gloussa et rougit furieusement.

— Ces satanées bretelles, elles ne restent jamais en place.

Elle sortit la main de sous sa manche et ajusta son décolleté.

Jake ne put que deviner qu'elle parlait des bretelles de son soutien-gorge et tenta de ne pas se focaliser sur son opulente poitrine. Il regarda plutôt son visage. Quoiqu'elle semblât avoir la soixantaine, elle était toujours attirante. S'il l'avait rencontrée vingt ou trente ans plus tôt, il l'aurait séduite.

— Madame Adams ?

— Oui, et vous devez être Monsieur Stone.

Elle laissa vagabonder son regard sur son visage et son corps sans cacher le fait qu'elle le trouvait séduisant.

Il était habitué à ces regards. Il les recevait de femmes de tous âges. Mais tout ce qu'elles voyaient, c'était sa parfaite plastique : les cheveux noirs, le menton ciselé, le nez classique, les yeux bleus perçants, et le corps sculpté. Ce qu'elles ne voyaient pas, c'était l'homme qu'il était à l'intérieur, l'homme qui aspirait à une vraie vie, à une vie mortelle. À un but.

— J'ai une superbe chambre pour vous. Au dernier étage. Elle a une vue magnifique sur la baie, de l'autre côté de l'île.

Elle tendit la main vers le présentoir à clés pendu derrière elle et en prit une afin de la déposer sur le comptoir.

— Parfait.

Il sourit et prit la clé.

— Le petit déjeuner est compris.

Elle désigna la porte près des escaliers.

La salle dans laquelle se prend le petit déjeuner se trouve par là. Nous le servons de sept à neuf heures trente.

— Ce ne sera pas nécessaire. Je ne suis pas vraiment du matin. En fait, cela vous dérangerait-il de faire l'impasse sur le ménage dans ma chambre ? Je suis un vrai couche-tard, et je dors très tard.

Du genre *jusqu'au coucher du soleil*. Après tout, la lumière du jour ne lui convenait pas. Il n'était pas tenté par une apparence carbonisée.

— Oh ? s'exclama-t-elle en lui jetant un regard surpris. J'espère que vous ne serez pas trop déçu par la vie nocturne de l'île, car il n'y en a pratiquement aucune. Beaucoup de nos visiteurs sont ici pour la source thermale.

Elle se pencha en avant, ses seins venant reposer sur le comptoir dans le mouvement.

— Je suppose que vous êtes venu pour la même chose ? ajouta-t-elle.

Jake soupira. Il était ici depuis moins d'une demi-heure et, déjà, deux personnes étaient parvenues à lui poser la même question. Mais, étant un homme des plus secret, il n'avait nullement l'intention de se laisser entraîner dans une conversation relative à ses désirs les plus personnels. Des désirs qu'il ne pouvait partager avec quiconque.

— J'ai entendu dire que la pêche est bonne par ici.

Un froncement de sourcils dû à la déception s'afficha sur le visage de Madame Adams, tandis qu'elle se redressait.

— Oui, oui, effectivement.

— Dernier étage, vous avez dit ? demanda-t-il, sans attendre de réponse, tout en désignant les escaliers et en ramassant son sac.

— Numéro vingt et un. Tournez à gauche en haut de l'escalier.

Les marches craquèrent, tandis qu'il gravissait la première volée. Des tapis recouvraient le sol usé du palier. Jake laissa errer les yeux sur les vieilles peintures exposées aux murs et sur l'ancien buffet qui trônait dans le couloir du second étage. Son regard s'attarda plus longuement sur la qualité d'ouvrage du meuble, alors qu'il poursuivait son chemin en suivant la rampe.

Il se heurta à quelque chose de doux. Il tourna brusquement la tête et laissa tomber son sac au moment même où il tendait la main vers la personne qu'il avait percutée. Ses yeux perçurent une femme en train de gesticuler dans tous les sens, tandis qu'elle lâchait le sac qu'elle portait. Alors que le contenu de celui-ci se répandait à terre, Jake rattrapa la femme afin de l'empêcher de tomber.

— Oops, dit-il. Je vous tiens !

— Euh !

Elle avait la respiration lourde, et l'acuité supérieure des sens de Jake captèrent la rapidité de ses battements de cœur.

— Je suis vraiment désolé, je ne regardais pas, s'excusa-t-il.

— Ce n'est rien, répondit-elle d'une voix haletante. C'est entièrement de ma faute. J'ai déboulé à toute vitesse sans regarder.

Elle se libéra délicatement de la poigne de Jake et recula.

Il laissa le regard tomber sur son visage. Elle avait des yeux tout aussi bleus que les siens, et ses longs cheveux étaient d'un intense auburn. Sa peau était impeccable, mais pâle, presque comme de la porcelaine, et cela rendait ses lèvres aussi rouges que du sang frais. Quoiqu'il fût repu, la faim se fit instantanément sentir. Il la refoula. Il regarda plutôt les objets qui étaient tombés à terre et se pencha.

— Laissez-moi vous aider, proposa-t-il en lui tendant le sac à main.

Elle le prit et s'accroupit face à lui afin de ramasser rapidement certains des objets : un rouge à lèvres, des clés et un petit bloc-notes.

Jake lui remit un mouchoir et un stylo, puis fouilla la moquette à la recherche de quoi que soit d'autre qui eût pu tomber, mais ne trouva rien.

— Je pense que j'ai tout, dit-elle en se redressant.

Il se releva et lui offrit sa main en guise de salutation.

— Au fait, je m'appelle Jake.

Elle hésita avant de la lui serrer furtivement.

— Claire.

Elle désigna ensuite l'escalier.

— Je dois y aller, ajouta-t-elle.

Il l'observa dévaler les marches. Ses pas firent écho dans le vestibule, tandis qu'elle sortait en précipitation par la porte d'entrée. Ce ne fut que lorsque celle-ci se referma en un bruit sourd qu'il ramassa son propre sac et se dirigea vers sa chambre.

2

Après s'être rafraîchi sous la douche, Jake quitta sa chambre. Il était temps de faire ce pour quoi il était venu ici. Il était inutile de faire traîner l'inévitable. Il descendit la première volée d'escaliers et atteignit l'endroit où il avait percuté la séduisante Claire. Il s'y arrêta pendant un instant. Elle avait remué quelque chose en lui, éveillé un sentiment de protection envers elle, bien qu'il n'eût jamais rien ressenti de tel pour un humain. Il avait toujours été le prédateur qui prenait ce qu'il voulait, se souciant peu de celui ou celle à qui il faisait du mal. Mais c'était, à présent, totalement différent.

Il en avait assez d'être le monstre que tout le monde craignait. Il en avait assez de cette vie. Il avait tué trop de gens, par le passé ; trop de mauvaises actions jalonnaient son parcours. La boucle était bouclée. Sa vie n'avait aucun sens ; il le comprenait, à présent, après avoir vécu cent douze ans en tant que vampire, transformé dès l'âge de trente-cinq ans.

Il ne pouvait plus agir de la sorte : il ne pouvait plus continuer à agresser les gens. Car il avait développé une conscience. Une foutue conscience !

Il fixa ses chaussures et jura en silence. Qui avait jamais entendu parler d'un vampire avec des scrupules ? Mais non, il avait subitement voulu un but, une vie empreinte de sens. Et il savait qu'il n'y avait qu'une seule façon de l'acquérir : il devait redevenir humain.

L'insatisfaction liée à sa condition avait grandi progressivement. Chaque fois qu'il avait observé les humains célébrer un événement majeur dans leur vie, un nouvel amour, un mariage ou une naissance, il s'était senti devenir plus envieux. Et il avait commencé à comparer sa misérable existence avec la leur et y avait trouvé un manque. Il n'y avait aucun événement joyeux dans sa vie : il dormait, chassait, se nourrissait. Et il se cachait toujours. Mais, surtout, il n'avait personne qui se souciât de lui et personne de qui se soucier. Les doux sentiments lui étaient étrangers. Et pourtant, il les reconnaissait chez les autres, chez les humains, et il voulait ressentir la même chose. Et s'il ne pouvait y parvenir, alors il préférait ne plus rien ressentir du tout.

C'était la raison pour laquelle il était venu sur l'île : afin de boire l'eau de la source thermale et faire un vœu. Et si cette source légendaire venait à le décevoir, il n'y aurait alors plus qu'une seule chose à faire. S'il en avait le courage.

Il laissa échapper un rire amer en remarquant un objet sous le buffet qu'il avait admiré un peu plus tôt. Par curiosité, il se pencha et tendit la main pour le prendre. Ses doigts se refermèrent sur un flacon de médicaments transparent de couleur orange. Il lut l'étiquette et se figea.

Il appartenait à Claire Culver, la femme qu'il avait bousculée. Le flacon avait dû tomber de son sac et rouler sous le buffet sans qu'aucun d'eux ne s'en aperçût. Jake lut le nom du médicament. En tant que vampire, il n'était pas sujet aux maladies et, dès lors, le nom de ce remède ne lui était pas familier, bien qu'il se souvînt en avoir entendu parler lors d'un programme télé. À quoi servait-il ? Il se tortura l'esprit, mais ne put s'en rappeler.

Se reprochant cette curiosité inappropriée, il poursuivit son chemin dans les escaliers. Les médicaments que Claire prenaient et la raison pour laquelle elle les prenait ne le regardait nullement. Elle était une étrangère et demeurerait telle.

Lorsqu'il atteignit le hall d'entrée, Madame Adams était en train de refermer les tentures du couloir.

— De sortie pour un dernier verre ? demanda-t-elle.

— Ouais, j'ai pensé que je pourrais partir à la découverte de cette vie nocturne dont vous parliez tout à l'heure.

Il lui fit un clin d'œil et s'amusa du fait qu'elle rougit une fois de plus.

— Luke tient un Tiki bar pas loin d'ici. Vous pourriez essayer ça, suggéra-t-elle.

— C'est tout à fait mon truc.

Il fit rouler le flacon entre ses doigts.

— Oh, ajouta-t-il, Madame Adams, j'ai trouvé ceci à l'étage, à terre. Ça appartient à Mademoiselle Culver. Elle doit l'avoir laissé tomber.

Il le lui tendit et décida de ne pas lui révéler qu'il était la raison pour laquelle le flacon était tombé du sac de Claire.

— Voulez-vous bien lui donner quand vous la verrez, s'il vous plaît ?

— Oh, mon cher.

Madame Adams soupira fortement, le faisant marquer un temps d'arrêt pendant un instant.

— Quelque chose ne va pas ?

— Eh bien, commença-t-elle, comme c'est dommage ! Et elle est si jeune et si belle. Elle devrait avoir toute la vie devant elle, mais elle ne l'a pas.

Un frisson glacial se faufila le long de sa colonne vertébrale.

— Pardon ?

Elle désigna les médicaments.

— Mademoiselle Culver.

Elle se rapprocha d'un pas et baissa la voix.

— Je ne devrais pas vous dire ceci, poursuivit-elle, mais puisque vous avez trouvé ses médicaments, vous pourriez, de toute façon, le découvrir par vous-même. Je ne suis au courant que parce qu'elle a eu une crise, l'autre jour, et que j'ai dû appeler le médecin. Il est le mari de ma cousine. Et vous voyez, elle me l'a dit. C'est-à-dire ma cousine. Parce que son mari le lui a dit.

Hésitant pendant une seconde, Jake prit une profonde inspiration. Devait-il rester et autoriser Madame Adams à lui divulguer des informations médicales privées au sujet de Claire ? Ne valait-il pas mieux simplement s'en aller et ne pas s'impliquer ? Mais la tenancière de l'auberge Sunseekers avait parlé de crises, et ce mot avait piqué son intérêt.

— Oui ?

Elle se pencha.

— Cancer du cerveau. Apparemment, il a été diagnostiqué il y a six mois. C'est inopérable. Les médecins lui ont donné encore quelques semaines ou quelques mois.

Elle désigna les pilules et poursuivit.

— Elle les prend pour prévenir la douleur. Mais les crises continuent. Les médecins ont abandonné. C'est pour ça qu'elle est ici. Vous savez, pour la source thermale.

Sous le choc suite à cette révélation, il hocha la tête. Pas étonnant que Claire eût semblé si pâle. Avait-il ressenti sa maladie ? Était-ce la raison pour laquelle il avait eu la sensation qu'elle avait besoin de protection ?

— Elle est venue pour faire un vœu de guérison.

Un triste sourire vint se former sur les lèvres de Madame Adams.

— Elle s'y rend plusieurs fois par jour. Elle y est, pour le moment. Et sur le chemin du retour, elle s'arrête au bar pour noyer son chagrin. Et demain, elle recommencera la même chose. C'est si triste à voir.

— La source thermale ne possède donc aucun vrai pouvoir, n'est-ce pas ?

— Oh si, mais, parfois, nous ne souhaitons pas la chose adéquate. Parfois, nous ne connaissons pas nos plus chers désirs. Et la source n'exauce que les désirs qui sont réels et purs.

— Qu'est-ce qui peut être plus pur que de vouloir une guérison de son cancer ? se demanda-t-il.

— Je ne dis pas que ses désirs ne sont pas purs. Mais, parfois, la source a juste besoin d'un sacrifice pour faire effet, répondit-elle, de façon énigmatique.

Des visions d'animaux massacrés apparurent dans la tête de Jake. Mais il était sûr que Madame Adams parlait d'autres genres de sacrifices.

— Ce serait peut-être mieux que vous disiez à Mademoiselle Culver que c'est vous qui avez trouvé le flacon de médicaments. Elle n'a pas besoin de se douter que je sais ce qui se passe. Je suis sûr qu'elle attache une grande importance à sa vie privée.

Sans attendre la réponse, il quitta la maison et bifurqua en direction de la rue principale, à la recherche du Tiki-bar. Suite au partage de ces informations par Madame Adams, il n'était pas dans un bon état d'esprit pour visiter la source dans l'immédiat.

3

Claire lança un dernier regard vers la source thermale. À son arrivée, une heure plus tôt, à l'endroit où l'eau fraîche jaillissait de la roche, elle avait pris un peu de ce précieux liquide dans le creux des mains et l'avait bu. Ce faisant, elle avait prié pour un miracle. Tout comme elle l'avait fait ces cinq derniers jours, depuis qu'elle était arrivée sur l'île. Jusque-là, rien n'avait changé. Ses maux de tête étaient aussi douloureux qu'à l'habitude, et ils n'étaient apaisés que par les puissants calmants que son oncologiste lui avait prescrits. Mais ils n'atténuaient pas le mal pendant très longtemps. Elle avait donc commencé à boire en soirée afin d'étouffer les martèlements dans sa tête.

À chaque jour qui passait, l'espoir s'estompait, alors que la réalité était bien présente. Il y avait bien longtemps que la Science l'avait abandonnée, et le miracle qu'elle espérait en adressant, encore et encore, le même vœu à la source ne se produisait pas. Dans quelques jours, la douleur serait si insoutenable et les crises si graves qu'elle tomberait plus que probablement dans un coma duquel elle ne se réveillerait jamais. Son heure était venue.

Alors qu'elle rebroussait chemin sur le sentier de terre qui menait au village, elle se mit à réfléchir à sa vie. Mais y repenser rendait ce qui l'attendait encore plus dur à supporter. Elle n'était pas prête à mourir. Il y avait tant de choses non accomplies, non vues, non expérimentées. Ce n'était tout simplement pas juste. Elle avait été une bonne personne, honnête, fiable, tout à fait respectable. Elle n'avait jamais fait de mal à quiconque.

Comme les nuits précédentes, elle se rendit au Tiki bar. Un peu d'alcool lui engourdirait légèrement l'esprit et l'empêcherait de se demander si les choses auraient évolué différemment si seulement elle était allée chez le médecin plus tôt, lorsque ses maux de tête avaient commencé. Elle ne voulait pas penser aux choses qu'elle ne pouvait changer.

Tout en se rapprochant du bar, elle put déjà voir qu'il était, à l'instar de la nuit précédente, à moitié plein. Il consistait, en effet, en une cabane dépourvue de murs et isolée, le long de la plage. Des volets protégeant les boissons alcoolisées contre le vol durant la journée étaient relevés et fixés au plafond durant les heures d'ouverture. Une douce musique émanait des haut-parleurs. Un couple enlacé dansait lentement sur la minuscule piste de danse improvisée. D'autres étaient assis aux tables ou au comptoir, en train de boire et de parler. Rire. Elle se dirigea vers le bar et s'installa sur l'unique tabouret libre à côté d'un grand homme aux cheveux noirs qui lui tournait le dos, occupé à regarder un match de football à la télé. Celle-ci était accrochée au plafond, et le son mis en sourdine.

Claire fit signe au propriétaire. Il s'était présenté à elle la première nuit.

— Bonsoir, Luke.

— Salut Claire. Comme d'habitude ?

Elle acquiesça d'un hochement de tête et le regarda préparer son whisky, sec, comme elle l'aimait. Autant partir en beauté, pensa-t-elle

Lorsqu'il déposa le verre devant elle, elle l'amena à ses lèvres et prit la première gorgée.

L'homme à côté d'elle se retourna.

— Santé !

Elle s'étouffa presque et redéposa rapidement le verre sur le comptoir. C'était Jake, l'homme qu'elle avait percuté en descendant les escaliers du Bed and Breakfast.

— Oh !

Tout comme plus tôt, elle fut incapable de formuler une phrase cohérente.

Cette fois, elle ne pouvait attribuer sa réponse monosyllabique au fait qu'ils se fussent télescopés. Non, elle dut admettre que c'était à cause de Jake qu'elle demeurait muette : une telle masculinité à l'état pur émanait de lui que son corps tout entier s'enflamma soudainement. Bien sûr, elle avait eu sa part de petits amis, de beaux même, mais elle n'avait jamais été avec un homme comme celui qui la regardait à présent, avec une intensité telle, qu'elle aurait voulu arracher ses propres vêtements pour s'offrir à lui.

Bon Dieu ! À quoi pensait-elle ? Elle devenait clairement folle. Oui, elle s'enfonçait définitivement dans la démence, incapable de contrôler son esprit.

— Salut, dit-elle rapidement, avant que le silence ne régnât à nouveau plus longuement entre eux. Je parie que c'est le seul bar en ville.

À s'entendre, elle parut idiote, mais Jake lui sourit néanmoins.

— Pas vraiment de vie nocturne, ici sur l'île, je présume. De plus, nous sommes hors saison. Mais je suppose que ce n'est pas pour ça que les gens viennent ici.

Dans l'expectative, il la regarda.

— Êtes-vous allé à la source thermale ? lui demanda-t-elle en amenant son verre à sa bouche, afin que ses mains eussent quelque chose à faire, et qu'il ne remarquât pas qu'elles tremblaient.

— Pas encore. Je ne suis pas pressé. Elle sera toujours là quand je serai prêt.

Tout en hochant la tête en guise d'acquiescement, elle fixa les bouteilles alignées sur les étagères suspendues au-dessus du comptoir.

— Vous vous demandez encore ce que vous voulez ?

Il secoua la tête.

— Je sais ce que je veux.

Claire se surprit elle-même. Elle n'était pas du genre à commencer une discussion en toute sincérité avec un inconnu mais, bizarrement, la franchise de Jake l'invitait à parler comme s'ils se connaissaient depuis un certain temps. La raison en était peut-être qu'ils étaient deux étrangers solitaires dans un bar, tous deux souhaitant voir s'exaucer leur vœu respectif. Quoiqu'elle ne parvint pas à imaginer ce que Jake pût vraiment souhaiter : un homme comme lui n'avait-il pas tout ? Le physique, la force, le pouvoir ? Les femmes se jetant à ses pieds ?

— Y croyez-vous ? s'entendit-elle lui demander.

— À la source thermale ?

Elle hocha la tête.

— Je ne sais que penser.

— C'est pour ça que vous attendez ?

Elle tourna la tête pour le regarder.

Les yeux bleus de Jake se connectèrent avec les siens.

— C'est pour ça que vous y allez tous les jours ? Parce que vous ne savez pas si vous devez y croire ?

Elle émit une courte aspiration.

— Vous semblez en savoir terriblement.

Si elle avait été dans une grande ville, elle se serait inquiétée, car elle l'aurait pris pour un harceleur. Toutefois, elle savait comment les choses fonctionnaient sur l'île : rien ne demeurait secret plus de cinq minutes.

Jake haussa les épaules, puis prit une gorgée de vin rouge.

— Les insulaires semblent surveiller de près les gens qui visitent la source thermale.

— Ils sont très protecteurs envers elle, convint-elle en avalant le reste de sa boisson en une grande gorgée.

Sur le point de descendre de son tabouret, elle sentit soudain une main sur son avant-bras.

— Ne partez pas, dit-il doucement. Je ne voulais pas vous effrayer.

Elle hésita, fixant sa main, puis leva le regard vers son visage. Les yeux de Jake étaient chaleureux. Elle se laissa entraîner dans la profondeur du bleu de ceux-ci.

— Dansez avec moi, murmura Jake.

— Je… euh, commença-t-elle.

— Qu'avez-vous à perdre ? C'est juste une danse entre deux étrangers. Je serai parti dans deux ou trois jours, et vous ne me reverrez plus jamais.

Il avait raison. Elle n'avait rien à perdre. Et pourquoi ne pourrait-elle pas s'autoriser à se balancer au rythme de la musique, les bras d'un homme la serrant pendant quelques minutes et lui faisant oublier ses chagrins ?

— Une danse, accepta Claire.

— Une danse, répéta Jake tout en la soulevant avec aisance de son tabouret.

Un instant plus tard, elle se retrouva sur la piste de danse, les bras de Jake la serrant contre lui, ses cuisses se frottant contre les siennes, sa main dans le creux de ses reins la pressant davantage contre son torse de manière à ce qu'elle se sentît engloutie par la chaleur de son corps. Elle ferma les yeux et se laissa aller à rêver que sa vie ne faisait que commencer. Qu'elle ne s'achèverait pas.

4

Jake l'attira plus près et se mut au rythme de la musique. Il n'avait pas dansé depuis longtemps, mais les pas étaient néanmoins ancrés en lui. Il avait toujours aimé danser, toujours aimé la sensation de tenir une femme dans ses bras.

Pressant une joue contre celle de Claire, il se mit à parler doucement.

— J'ai entendu dire que, parfois, la source thermale a besoin d'un sacrifice pour exaucer un vœu.

Claire écarta le visage du sien pour le regarder.

— Qui vous a dit ça ?

— Madame Adams.

Elle se pencha à nouveau contre lui.

— Elle ne m'en a jamais parlé.

— Peut-être que ce n'est pas à vous à offrir un sacrifice.

Madame Adams avait peut-être dit ça pour lui, sans toutefois connaître la nature de son vœu, parce que c'était lui qui demandait l'impossible et que son souhait exigeait, dès lors, un sacrifice.

— Et si tout ça n'était que mensonge ? médita-t-elle. Et si la source n'apportait rien ? Que ferez-vous, alors ?

— Qu'est-ce que *je* ferai?

— Oui, vous. Si vous découvriez, ce soir, que la source n'agit pas, que feriez-vous demain ?

Il y pensait depuis qu'il avait décidé de venir sur l'île.

— J'irais sur la plage et j'attendrais le lever du soleil.

Il ne chercherait pas à s'en abriter, mais autoriserait plutôt cet astre à le transformer en poussière avant que les vagues de l'océan ne vinssent balayer ses restes, comme s'il n'avait jamais existé.

— Oui, votre vie continuerait, tout simplement. J'aimerais qu'il en soit de même pour moi.

Jake ne la corrigea pas sur cette présomption. Il entendit les larmes monter dans la voix de Claire, mais il ne l'autoriserait pas à pleurer. Pas tant qu'elle serait avec lui. Du moins pour ce soir, il voulait qu'elle ressentît de la joie et du plaisir.

— Venez à la plage avec moi, maintenant. Et je vous ferai oublier les choses que vous voulez oublier. Juste pour ce soir. Juste vous et moi. Le monde autour de nous n'existe pas. La source n'existe pas.

Elle ne s'écarta pas de lui malgré cette proposition scandaleuse. Jake la sentit plutôt y consentir d'un hochement de tête.

— Oui, faites-moi oublier, juste pour un petit moment.

Elle leva ensuite la tête et le regarda.

— Vous devez penser que je suis facile.

Il tourna la tête d'un côté à l'autre.

— Pensez-vous que *je* suis facile ?

Visiblement surprise par cette question, Claire secoua la tête.

— Non.

— Alors, pourquoi *vous* trouverais-je facile ? Juste parce que vous vous autorisez à accepter quelque chose que vous voulez ? Je ne juge pas les gens qui se laissent guider par leurs envies.

Jake baissa la tête jusqu'à ce que ses lèvres vinssent planer au-dessus de celles de Claire.

— Il vous reste une chance de changer d'avis mais, une fois que je vous aurai embrassée—

Il n'eut pas l'opportunité de finir sa phrase, car Claire se pencha pour l'embrasser. Stupéfait et, à la fois, fou de joie, il savoura la douceur de ses lèvres durant un bien trop bref instant avant qu'elle ne s'écartât de nouveau.

— Je ne changerai pas d'avis.

Le murmure de ces paroles vint s'échouer contre son visage.

Sans attendre la fin de la chanson, il la conduisit vers le bar, y jeta un billet de vingt et tous deux partirent sans un mot. Ce que le barman penserait d'eux n'avait aucune importance. Il repéra sa route, tourna au chemin de terre suivant et se dirigea vers le Nord-Ouest.

La plage était déserte. Et tout comme Jake pensait l'avoir vu depuis la fenêtre de sa chambre, il y avait un petit cabanon. Il s'en approcha et lut la pancarte qui y était pendue : *Location de matériel de plage.* Un petit cadenas empêchait l'accès aux contenus de la cabane. Jake tendit la main vers la serrure.

— Qu'est-ce que vous faites ? Vous n'allez quand même pas rentrer par effraction ?

Il lui fit un clin d'œil.

— Pour cette nuit, soyons fous.

Il se plaça ensuite de façon à ce qu'elle ne vît pas comment il ouvrait le verrou : purement à l'aide de sa force de vampire.

Le cabanon contenait ce qu'il cherchait : des coussins pour les chaises longues qui étaient soigneusement empilées sur un côté de l'abri. Il en prit deux et les disposa sur le sable, créant ainsi un lit improvisé.

Lorsqu'il surprit le regard toujours stupéfait de Claire, il enroula un bras autour de sa taille et l'attira contre son corps.

— Fais-moi confiance ; ce sera ainsi plus confortable pour nous deux.

— Pas nécessaire que ce soit confortable.

Elle balaya les paupières vers le haut, ses cils venant presque s'écraser contre ses sourcils.

Dieu qu'elle était belle ! Soudain, cela le percuta : cette beauté allait disparaître de ce monde très bientôt. Le savoir lui pinça le cœur comme si un poing métallique venait le compresser. La douleur était palpable bien qu'il ne pût ressentir aucune douleur physique.

Jake amena les lèvres vers celles de Claire, les touchant presque, mais pas tout à fait.

— Qu'est-ce que tu recherches, demanda-t-il ?

— Me sentir vivante.

— Juste vivante ? Je peux faire mieux que ça, chérie.

Les douces lèvres de Claire s'abandonnèrent lorsqu'il glissa la langue par-dessus avant de les capturer avec douceur. Il n'y avait aucune hâte. Le soleil ne se lèverait pas avant les sept prochaines heures. Il avait le temps de lui faire l'amour à loisir. Afin de lui donner tout ce dont elle avait besoin, afin qu'elle pût simplement se sentir chérie, une fois de plus.

Elle portait une robe légère qui, pressée contre sa chemise à courtes manches en coton et son pantalon de toile, lui faisait ressentir chaque courbe de son corps. Elle était loin d'être voluptueuse, mais elle était bien proportionnée.

Tout en l'attirant plus près, il glissa la main sur son postérieur, sa paume enrobant la séduisante courbe.

Un léger gémissement émana de la gorge de Claire. Il l'avala dès l'ouverture des lèvres de sa partenaire, lui permettant ainsi de balayer la langue à l'intérieur de sa bouche, afin de l'explorer. À la douceur de son essence, son corps se raidit et, plus particulièrement un appendice : son sexe. Tandis que celui-ci s'était déjà retrouvé en semi-érection durant la danse, il était à présent complètement raide.

Il ne put résister et pressa plus fermement les hanches contre sa douce intimité, lui laissant ressentir l'effet qu'elle lui avait procuré. En réponse, elle baissa les mains vers son postérieur. Il put sentir ses ongles s'enfoncer profondément dans sa chair, sensation qu'il accueillit mieux qu'elle ne l'eût pensé.

Il avait toujours aimé cela, lorsque ses maîtresses vampires enfonçaient leurs griffes en lui, le faisant saigner pendant qu'il enfouissait son membre en elles. Il souhaita à présent la même chose, des ébats quelque peu sauvages, une expérience où tous les coups seraient permis.

Ses canines commencèrent à le démanger rien qu'à y penser, et il put les sentir s'allonger. À tout prix désireux de prévenir l'émergence de son côté vampire, il détacha la bouche de celle de Claire et souleva celle-ci. Il s'abaissa ensuite pour l'étendre sur les coussins des chaises longues qu'il avait déposés à terre.

Il chercha la tirette de sa robe et la fit glisser. Telle une vierge timide, elle détourna le regard, mais il n'accepterait rien de tout cela.

— Claire, la pressa-t-il, attirant de nouveau son regard sur lui. Je veux que tu me regardes me déshabiller.

Il la vit déglutir difficilement. Mais elle ne rétorqua rien. Lentement, il ouvrit les boutons de sa chemise, puis ôta le vêtement. Les yeux de Claire dansèrent jusqu'à son torse. Elle pinça sa lèvre supérieure entre les dents afin de lui démontrer qu'elle appréciait. Lorsqu'elle baissa le regard sur son pantalon, le cœur de Jake se mit subitement à battre plus rapidement. Claire regardait la protubérance qui s'était formée derrière la fermeture éclair, toute timidité à présent disparue.

Il grogna involontairement lorsqu'elle se lécha les lèvres.

Jake ouvrit son pantalon et l'ôta, demeurant ainsi uniquement pourvu de son caleçon. Celui-ci était très tendu par-dessus l'érection sans cesse grandissante. Lorsqu'il baissa les yeux, Jake remarqua que son membre avait suinté et qu'une goutte était visible à travers le tissu.

Il était certain que Claire l'avait également vue, la lune procurant suffisamment de clarté, même pour un humain. Debout au-dessus d'elle, Jake enroula les pouces dans la ceinture de son caleçon, puis repoussa ce dernier vers le bas jusqu'à complète libération de son sexe. L'air frais de la nuit vint souffler sur son érection sans toutefois apaiser l'organe en furie.

Lorsqu'il se débarrassa du vêtement, Claire le dévisageait toujours, les yeux écarquillés, les lèvres entrouvertes. Sa poitrine se soulevait, et il put voir les durs mamelons pousser à travers le tissu de sa robe.

— À toi, maintenant. Déshabille-toi pour moi.

Il se mit à genoux, suffisamment près afin que rien ne pût échapper à sa vigilance.

Le mouvement hésitant, elle repoussa une bretelle d'une épaule, révélant ainsi la pâleur de sa peau, puis baissa la seconde et tira sur le tissu, exposant, dès lors, davantage de peau. Le haut de ses seins apparut puis, une seconde plus tard, les deux buttes bien rondes où trônaient de durs mamelons roses se retrouvèrent dénudées.

Jake inspira une bouffée d'air.

— Tu es belle. Si parfaite.

Encouragée par ces paroles, elle baissa davantage le tissu. À hauteur des hanches, elle fit une pause.

— Montre m'en plus, exigea-t-il.

Claire poussa la robe sous le niveau des hanches et s'en libéra. Elle portait la plus minuscule petite culotte qu'il n'eût vue depuis longtemps. Le triangle de tissu recouvrait à peine le sombre nid de poils, et les ficelles qui le maintenaient en place étaient si fines qu'il savait qu'il risquait de déchirer le vêtement en lambeaux s'il venait à les toucher. Et c'était exactement ce qu'il voulait faire.

Lorsque Claire amena la main à son string, il l'arrêta.

— Attends.

Elle lui adressa un regard surpris.

— Je pensais que tu voulais que je me déshabille.

— J'ai changé d'avis.

Il se mit à quatre pattes et se rapprocha en rampant.

— Je veux faire le reste moi-même, à moins que tu ne t'y opposes, ajouta-t-il.

Elle se détendit et afficha un sourire.

— Je ne m'y oppose pas.

Pendant un long moment, il la regarda, tout simplement, et s'abreuva de cette vue.

— Je pourrais te regarder éternellement et ne pas m'en lasser.

Claire gloussa doucement et rougit.

— Tu n'as pas à dire ça.

Il se pencha vers elle.

— C'est vrai.

Il baissa ensuite la tête vers ses seins et passa la langue sur un mamelon.

Un gémissement étouffé émana des lèvres de Claire, et elle arqua le corps.

— Tout comme je l'avais deviné, murmura-t-il contre la chaleur de sa chair. Parfaite.

Il captura ensuite le mamelon entre ses lèvres et le suça tout en enrobant l'autre sein dans la paume de sa main pour le malaxer jusqu'à ce que sa partenaire se tortillât sous lui, son excitation imprégnant à présent l'air ambiant. Claire avait le goût de la pureté et de la jeunesse, et elle était si intacte qu'il en oublia presque ce que l'avenir lui réservait. Mais il ne voulut pas y penser, pas maintenant, pas quand il voulait lui procurer plus de plaisir qu'elle n'en avait eu de toute sa vie.

Cette nuit était pour Claire, bien qu'il sût qu'il obtiendrait, lui aussi, sa part équitable de plaisir. Rien qu'à observer la façon dont son corps se mouvait et dont son cœur battait contre sa cage thoracique, son propre cœur se remplit de fierté, et son sexe, de davantage de sang, le rendant ainsi aussi dur que les rochers sur lesquels le ressac venait s'écraser.

Les rayons du soleil n'auraient jamais pu inonder Claire d'une lumière aussi chaude que celle que le clair de lune lui prodiguait. Cela conférait à son visage une lueur presque mystique, comme si elle n'était pas réelle, mais simplement le fruit de son imagination. Et peut-être qu'elle l'était ; peut-être rêvait-il afin d'essayer d'échapper à la monotonie de sa longue vie. Mais cela importait peu, tant ce qu'il sentait sous ses mains vagabondes semblait réel : de la chair chaude, une peau douce, du sang chaud. Elle était la perfection personnifiée.

Tandis qu'il continuait à combler ses seins de caresses et de baisers, sa main se mut vers le bas, lui caressant le torse jusqu'à hauteur du string. Il glissa les doigts entre le tissu et la peau, explorant ainsi l'épaisseur des poils gardiens de son sexe.

Une courte aspiration s'échappa des lèvres de Claire lorsqu'il s'aventura plus bas mais, de concert, elle inclina les hanches vers lui en signe d'invitation.

— Oui, chérie, je suis là, l'encouragea-t-il en glissant plus bas encore, y rencontrant la chaleur et la moiteur d'une chair aussi douce que de la soie. Il laissa les doigts baigner dans son excitation, les imprégnant de celle-ci avant de remonter plus au Nord.

— Oh Dieu, cria-t-elle.

Les doigts expérimentés de Jake découvrirent le minuscule organe enflé protégé par une capuche. Il tira sur celle-ci, exposant ainsi complètement le clitoris et glissa un doigt humide par-dessus. Claire décolla presque du sol, son rythme cardiaque s'accélérant au même moment.

Le corps de Jake s'enflamma lorsque l'odeur de l'excitation de sa partenaire s'intensifia. Attendant impatiemment son tour, son sexe poussait contre la cuisse de la jeune femme. Mais il devrait attendre un peu plus longtemps.

Par mouvements lents et réguliers, il dessina des cercles autour du paquet de nerfs engorgé qu'il avait sous les doigts. Il continua à la caresser doucement en savourant l'instant. Elle était à présent à sa merci. Par ses caresses, il pouvait commander son corps et lui donner du plaisir. Elle n'aurait, à présent, plus aucune échappatoire. Plus de retour en arrière possible.

— Cette nuit, tu seras mienne, murmura-t-il contre ses seins.

Et il prendrait tout ce qu'elle serait disposée à lui donner, et davantage. À ce moment, il le réalisa également. Car elle n'avait pas seulement éveillé en lui le désir de sexe, mais un bien plus sombre désir. Un désir pour lequel elle ne marquerait pas librement son accord.

Soudainement impatient, il ôta la main du sexe de Claire et saisit son string. En un rapide mouvement, il le lui arracha.

— Merde ! jura-t-il en descendant entre ses jambes. Il les écarta plus fort avant de baisser la tête vers le centre étincelant de sa féminité. Il glissa ses jambes par-dessus ses épaules, une de chaque côté de sa tête et enfonça la bouche en elle.

Des halètements de surprise firent écho dans la nuit.

— Jake, oh mon Dieu ! cria-t-elle. Tu n'as pas à…

Mais sa voix vint mourir lorsque Jake passa la langue le long de sa fente, intensifiant dès lors son excitation. Son goût était à la fois enivrant et fortifiant. Il suça, mordilla et lécha, ne laissant aucun endroit inexploré. Elle était belle en tous points. Son corps l'accueillait et s'ouvrait à son toucher et aux tendres attentions qu'il dispensait, tandis qu'il balayait à présent la langue sur son clitoris et lui prodiguait de douces caresses.

Il aimait la manière dont elle lui répondait, la façon dont elle s'offrait à lui, étendue, afin qu'il pût faire d'elle ce qu'il voulait. Sa propre excitation grandit lorsqu'il sentit le corps de Claire se raidir et se presser contre lui avec plus d'insistance. Les bruits du plaisir émanant d'elle s'intensifiaient et l'incitaient à lui en procurer davantage. Sans ôter les lèvres et la langue de son clitoris, il amena une main vers son intimité et caressa les replis mous. Il tendit le majeur, sonda et la pénétra délicatement en une poussée lente et continue.

Les muscles de Claire se resserrèrent autour de lui, plus fortement qu'il ne s'y était attendu. Combien de temps s'était-il écoulé depuis qu'un homme l'avait touchée à cet endroit ? Depuis qu'un homme avait enfoui sa verge en elle ? Penser que personne ne l'avait fait depuis longtemps le rendit encore plus impatient de se loger dans l'étroitesse de son intimité.

— Oui, gémit-elle. Oh, s'il te plaît, oui.

Il se répandit presque après cette supplication de Claire. Putain ! Il ne pourrait plus se retenir très longtemps si elle continuait de la sorte.

Enfonçant plus fortement le doigt en elle, il accentua la succion sur le clitoris et le pinça entre ses lèvres. Le corps de Claire entra en éruption, les vagues de son orgasme la déchirant de part en part avant de venir s'écraser contre les lèvres de Jake. Ses muscles internes se contractèrent autour de son doigt, l'agrippant si fermement qu'il pensa qu'elle ne le relâcherait jamais. Quoique cela ne l'eût pas dérangé. Il aimait être en elle.

Il fallut attendre quelques minutes pour que son corps se calmât et que Jake pût ôter ses lèvres de ce sexe au goût si doux. Ce faisant, il la regarda : elle avait les yeux fermés. Sa respiration était lourde.

— Il faut que je te pénètre maintenant, lui dit-il en se positionnant entre ses jambes, amenant son sexe au centre de sa féminité.

Claire ouvrit lentement les yeux, et un doux sourire se dessina sur ses lèvres.

— Oui, murmura-t-elle, à bout de souffle. Laisse-moi te sentir.

— Tu m'as fait bander si fort, dit-il, entre les dents, à peine capable d'empêcher ses canines de descendre. Son désir était à présent à son comble.

Incapable de ralentir le rythme, il la pénétra avec force, empêchant ainsi l'air de parvenir jusqu'aux poumons de Claire. Tandis qu'elle reprenait son souffle, elle écarquilla les yeux.

— Oh mon Dieu, tu es énorme. Encore plus que tantôt.

La plupart des vampires l'étaient. Le sexe faisait partie intégrante de leur personnalité et, une fois qu'ils étaient transformés, leur sang de vampire garantissait une forte et dure érection capable de satisfaire leurs partenaires féminines en leur prodiguant tout ce dont elles avaient besoin. À chaque coup qu'il assénait, son sexe devenait plus dur, et tandis que ce dernier était enduit de cyprine et immergé dans son corps, tout ce qu'il y avait de masculin en Jake montait en puissance.

Les yeux de Claire roulèrent en arrière, et sa bouche s'ouvrit, ses mamelons se transformant, une fois de plus, en pointes toutes dures.

— Oh Dieu ! marmonna-t-elle.

— Je te l'ai dit que tu te sentirais bien plus que juste en vie.

Il lui sourit et continua à aller en elle en augmentant sa vitesse. Son corps trouva son propre rythme, la baisant fortement et rapidement. Il lui souleva les jambes, les écartant davantage tout en plongeant plus profondément. L'intimité de Claire l'agrippa à présent plus fermement. Sur son visage, Jake put lire les signes du plaisir à l'état pur. La teinte de sa peau redevint plus saine, et cela la rendit encore plus belle.

Il espéra pouvoir continuer pour toujours, mais le fourreau de Claire se resserrait autour de lui, et l'odeur de son excitation le rendait fou de désir. Sachant qu'elle était aussi proche que lui de l'orgasme, il accéléra le tempo et se laissa aller.

Il sentit sa semence se précipiter à travers son membre au moment où les muscles internes de Claire se contractaient sous l'effet de l'orgasme. Il l'accompagna, dans une dernière poussée au paradis, avant de se répandre en elle.

La respiration lourde, il baissa la tête dans le creux de son cou.

— Tu es parfaite, répéta-t-il, une fois de plus, en l'embrassant dans le cou, réalisant dès lors que ses canines étaient descendues.

Il savait que son côté vampire exigeait à présent quelque chose de lui. Et il ne pouvait se refuser ce dont il avait terriblement eu envie depuis qu'il l'avait touchée pour la première fois : son sang.

— Claire, dit-il, doucement, lui chuchotant à l'oreille. Je ne peux pas m'arrêter.

Il lécha la veine dodue de son cou et retroussa les lèvres sur ses dents. Lorsque ses canines touchèrent la peau douce de Claire, il la sentit frissonner sous lui.

Faisant usage de ses pouvoirs de suggestion, une faculté qu'un vampire possédait, il lui envoya ses pensées.

Sens mon baiser. Sens mes lèvres te caresser, ma langue te lécher.

Il enfonça ensuite les canines dans son cou et perça la veine. Du sang riche coula sur sa langue et dans le fond de sa gorge, revitalisant ainsi tout son corps. Durant tout ce temps, Claire demeura pleinement éveillée et consciente de tout ce qui se passait autour d'elle – le sexe de Jake s'enfouissant en elle, ses mains la caressant – sauf d'une chose : elle pensait qu'il l'embrassait dans le cou, et pas qu'il la mordait.

Claire gémit doucement.

— Oui. Prends-le, murmura-t-elle.

Jake en fut bouleversé. Était-elle consciente de ce qu'il lui faisait ? Ou était-elle simplement en train de se laisser emporter par la vague de béatitude sexuelle que sa morsure intensifiait ?

Pouvait-elle le ressentir ? Bon sang, il voulait qu'elle le ressentît. Qu'elle réalisât qu'il buvait son sang, quoiqu'il sût que ce n'était pas sage. Il voulait qu'elle apprît ce qu'il était : une créature de la nuit, un homme qui avait soif de sang humain ; un vampire.

Il questionna son esprit.

Claire, aimes-tu ce que je suis en train de faire ?

Il téta plus avidement la veine tout en allant et venant en elle.

— Encore…

Oui, chérie, je vais t'en donner encore.

Car, lui aussi, il en voulait davantage. Encore plus de Claire.

5

Claire se réveilla dans son propre lit, seule, son corps vibrant toujours des suites de sa nuit d'amour avec Jake. À sa surprise, elle portait une chemise de nuit. Pendant un moment, elle demeura là, étendue, à rêvasser. Elle n'éprouvait aucun regret à s'être donnée à un étranger rencontré seulement quelques heures plus tôt. En fait, cela avait été libérateur de se retrouver avec un homme qui ne savait rien d'elle. Elle avait juste pu faire semblant d'être celle qu'elle voulait être : une jeune femme ayant la vie devant elle.

Elle ne put se rappeler comment elle avait regagné sa chambre. Et elle avait fait un rêve étrange : Jake en train de lui mordre le cou pendant qu'il lui faisait l'amour pour la seconde fois. Elle y avait pris plaisir, avait aimé la sensation que cela lui avait procuré. Elle secoua la tête pour évacuer cette étrange impression et sortit du lit.

Elle chancela immédiatement, la tête soudain prête à exploser. Un vif élancement l'irradia de part et d'autre.

— Oh, Dieu, non ! gémit-elle, de douleur. Une autre crise était imminente. Elle chercha son sac à main dans sa chambre et le trouva sur une chaise. Elle se précipita vers celui-ci, l'ouvrit et fouilla l'intérieur afin de s'emparer de ses pilules. En vain. Elle renversa alors frénétiquement le contenu du sac sur le lit, mais son flacon de médicaments ne s'y trouvait pas.

Un autre élancement l'assaillit. Elle s'agrippa au lit pour se soutenir en attendant que cette douleur passât. Elle se rua ensuite vers la porte. Elle devait demander à Madame Adams d'appeler le médecin qu'elle avait vu quelques jours auparavant.

Alors qu'elle saisissait la poignée de porte, son regard atterrit sur le buffet à côté de celle-ci. Son flacon de médicaments s'y trouvait, un mot soigneusement écrit juste par-dessous.

Je l'ai trouvé dans le couloir, disait la note sur le papier à entête du Sunseekers Inn.

Soulagée, elle attrapa le flacon, ôta le bouchon et prit deux pilules en bouche. Elle les avala avec la dernière gorgée d'eau contenue dans la bouteille qui se trouvait sur sa table de nuit.

Son cœur battait à présent frénétiquement, et il ne lui restait absolument rien du bonheur qu'elle avait connu la nuit précédente. Sa maladie empiétait de plus en plus sur sa vie en balayant chacune de ses joies.

Elle ne voulait pas dépérir, pas plus qu'avoir une atroce souffrance comme dernier souvenir de sa vie. Non, la chose dont elle voulait se rappeler était le plaisir qu'elle avait ressenti en faisant l'amour avec Jake. Elle ne permettrait pas à sa maladie d'assombrir cela. C'était la raison pour laquelle elle devait prendre sa vie en main. Ou, plutôt, sa mort.

Elle n'avait jamais vraiment cru au pouvoir de la source thermale. Elle s'était menti à elle-même en ne voulant pas affronter l'inévitable. Mais, à présent, elle était suffisamment forte. La nuit précédente, elle avait ressenti quelque chose de beau, et elle voulait quitter ce monde tant que ce moment était toujours bien présent dans son esprit. Pendant quelques heures, elle avait été heureuse. Elle ne pouvait rien espérer de plus.

Ignorant la douleur dans sa tête, elle déposa son sac sur le lit et commença à faire ses bagages bien que, là où elle allait, elle ne pouvait rien emmener avec elle.

~ ~ ~

Jake ouvrit les yeux après un sommeil agité. Toute la journée durant, il n'avait cessé de se réveiller et de se rendormir, ce qui était inhabituel pour lui. Mais les événements de la nuit précédente l'avaient secoué. Son esprit ne pouvait se reposer ; il faisait des heures supplémentaires. Que Claire pût mourir si jeune n'était pas juste, alors que lui envisageait de mettre fin à ses propres jours. Où se situait l'ironie là-dedans ? Cette jeune femme voulait vivre et mourrait, tandis qu'il voulait mourir et vivrait pour l'éternité. La vie était cruelle.

La nuit précédente, il avait éprouvé la sensation d'être utile et ce, pour la première fois de sa vie. Utile à une autre personne. Parce qu'il désirait Claire, il avait pu lui procurer du plaisir et l'amener à se sentir désirée. Et il la voulait plus qu'il n'avait souhaité une autre femme par le passé. Était-ce parce qu'il comptait la sauver ? Ou était-ce plus que cela ? Avait-il finalement rencontré une femme qui pouvait représenter le but qu'il avait si désespérément convoité dans sa vie ? Avait-il trouvé quelqu'un dont il pourrait prendre soin, quelqu'un à qui offrir son âme ?

Et qu'en était-il de la raison qui l'avait amené sur l'île ? Si la source thermale possédait vraiment le moindre pouvoir, alors pourquoi n'exauçait-elle pas le vœu de Claire ? Ou avait-elle, en effet, besoin d'un sacrifice, un sacrifice auquel *lui*, Jake, pouvait consentir ?

Il devait parler à Claire. Après la dernière nuit, il se sentait proche d'elle, et il espéra qu'elle ressentît la même chose. Si tel était le cas, il était à même de lui offrir quelque chose. Mais il incombait à Claire d'en décider.

Attendant impatiemment le coucher du soleil, Jake prit une douche et s'habilla. Dès que le soleil disparut à l'horizon, il se précipita hors de sa chambre et se dirigea vers celle de Claire. Il frappa à la porte, mais ne reçut aucune réponse. Il manipula la poignée, et celle-ci se mit à tourner. Lorsqu'il regarda à l'intérieur de la chambre, il recula brusquement : le lit était fait, et la pièce était vide. Tous les effets personnels de Claire avaient disparu.

Paniqué, il se précipita dans les escaliers et trouva Madame Adams derrière le comptoir de la réception.

— Mademoiselle Culver, où est-elle ? demanda-t-il sans même la saluer.

Madame Adams haussa les sourcils et le regarda curieusement.

— Elle a réglé sa note et est partie.

Le cœur de Jake s'arrêta.

— Où est-elle allée ?

— Je ne sais pas.

— Que vous a-t-elle dit ? Elle doit avoir dit quelque chose, dit-il sans se soucier d'avoir l'air désespéré.

Madame Adams fronça les sourcils.

— Maintenant que vous le demandez. Eh bien, hum, elle a dit qu'elle était à présent prête à partir. Quand je lui ai demandé où elle allait, elle a juste répondu *là où la douleur n'existe pas*.

Le cœur de Jake se serra.

— Et vous ne l'avez pas arrêtée ?

Mais il n'attendit pas la réponse et sortit de la maison en courant.

Jake scruta la profondeur de la nuit. Où irait-elle pour en finir avec tout cela ? Où irait-il ? Pendant un instant, il laissa vagabonder son esprit. Il put ensuite situer l'endroit où il se rendrait dans le but d'en finir avec la vie : le dernier endroit où il avait été heureux.

Il courut aussi vite qu'il le put sans se soucier d'être vu par quelqu'un qui se demanderait comment un homme pouvait courir aussi vite qu'une voiture. Il devait arriver jusqu'à Claire. Ses jambes le portèrent jusqu'à la plage où ils avaient fait l'amour, la nuit précédente. Il passait à côté du cabanon, ses yeux scannant la plage, lorsqu'il perçut un mouvement, là où les vagues venaient s'écraser contre un petit affleurement de roches.

Claire se tenait sur le rebord, regardant au loin.

— Claire ! cria-t-il.

Mais elle ne tourna pas la tête. Elle ne pouvait probablement pas l'entendre à cause du bruit du ressac qui avait déjà trempé ses vêtements.

Il se précipita vers les rochers, ses pieds s'enfonçant dans le sable mouillé sous chacun de ses pas déterminés. Mais il ne se laissa pas ralentir par cela. Il savait qu'il devait arriver jusqu'à elle car, à la façon dont elle se penchait en direction des vagues, le doute ne pouvait subsister quant à l'évidence de son intention. D'une seconde à l'autre, elle sauterait, et les vagues l'engloutiraient et viendraient la claquer contre les rochers.

Il ne pouvait laisser cela se produire. Et, soudain, il sut qu'il y avait un moyen pour que tous deux vissent se réaliser leur vœu. Tandis qu'il courait vers elle et gravissait les rochers à toute vitesse, il prit enfin conscience de ce que son cœur désirait le plus. Ce n'était pas de redevenir mortel ; c'était de retrouver son humanité, de se sentir utile, aimé. Claire en était la clé. C'était la raison pour laquelle il était ici. Pas pour la source magique, mais bien pour sauver Claire.

Et il ne pouvait échouer maintenant. Pas alors qu'il était si proche. Pas quand il y avait tant en jeu.

Alors qu'il atteignait le sommet des rochers, une autre grosse vague vint s'écraser et toucher Claire.

Il tendit les bras en se précipitant vers elle, mais la vague la balaya et lui fit perdre pied.

— Noooooooon !

Ce cri se délogea de sa gorge, tandis qu'il se ruait sur la désespérée à vitesse et à force surhumaine. Ses doigts trouvèrent prise et s'enroulèrent autour du bras de la jeune femme. Il la sortit de l'étreinte du sombre océan et la serra fortement contre lui, alors que la vague suivante se formait déjà. Mais avant que celle-ci n'eût pu venir mourir contre les rochers, Jake avait déjà sécurisé Claire.

Dans ses bras, elle sembla hébétée, tandis qu'il la portait jusqu'à la plage avant de l'allonger et de s'étendre sur le sable sec. Il se sentit enfin soulagé et osa à nouveau respirer.

Un sanglot déchira Claire.

— Pourquoi ne m'as-tu pas laissé mourir, Jake ?

— Shuuut, chérie, roucoula-il.

Elle lutta dans ses bras afin de s'en extirper.

— J'ai un cancer du cerveau. Je ne peux plus supporter la douleur…

Il l'attira plus près contre lui et, de la paume de la main, lui caressa les cheveux mouillés. Il la sentit frissonner.

— Je sais, chérie.

Elle plaqua les mains sur le torse de Jake et le repoussa.

— Tu savais ?

— J'ai trouvé ton flacon de médicaments. Madame Adams m'a raconté le reste.

Un autre sanglot lui déchira la poitrine.

— C'est pour ça que tu as couché avec moi ? Parce que tu avais pitié de moi ?

— Non ! Je t'ai fait l'amour parce que je te désire. Je te veux plus que n'importe quoi d'autre dans cette vie.

C'était la vérité, quoiqu'il n'eût aucune idée de la façon dont c'était arrivé. Peut-être était-ce le destin. Ou peut-être était-ce la source magique.

Davantage de larmes coulèrent sur les joues de Claire. Du pouce, Jake les essuya.

— Claire, ce que je vais te dire maintenant peut sembler invraisemblable, mais c'est la vérité. Penses-tu pouvoir faire preuve d'une grande ouverture d'esprit ?

— À quel sujet ?

— Tu veux vivre, pas vrai ?

Un sanglot plus fort que le précédent vint perturber le silence de la nuit.

— Alors, j'ai une solution pour toi. Le miracle de la source a eu lieu, Claire. Car elle nous a rassemblés. Tu as souhaité une guérison. Je peux t'en donner une.

Elle le fixa de ses grands yeux bleus, à la fois pleine d'espoir et de doutes.

— Comment ?

— Je suis un vampire, Claire. Je suis immortel, et je peux te rendre immortelle.

Il observa ses yeux, tandis que l'expression qu'ils affichaient se transformait en incrédulité.

— Non, dit-elle en secouant la tête et en reculant. Non.

— C'est vrai. Et tu le sais. Au fond de toi, tu le sais, pas vrai ?

Il focalisa son regard sur son cou, là où il l'avait mordue, la nuit précédente.

Claire leva la main et vint toucher ce même endroit.

— Tu le sais parce que tu as ressenti ma morsure, la nuit dernière.

Les lèvres de Claire s'entrouvrirent, comme si elle voulait dire quelque chose. Mais rien ne sortit. Elle se caressa ensuite le cou.

— Je l'ai rêvé.

— Ce n'était pas un rêve. Quand je t'ai fait l'amour, la deuxième fois, j'ai fait usage de mes pouvoirs de suggestion pour te faire croire que ma morsure n'était qu'un baiser. Mais je ne pense pas les avoir utilisés pleinement car, au fin fond de moi, je voulais que tu saches ce que j'étais en train de faire.

Lentement, elle sembla réaliser.

— Tu as bu mon sang.

Il hocha la tête et posa une main sur le cou de Claire en caressant la marque de la morsure. Seuls les autres vampires et lui pouvaient la voir. Elle était invisible pour les humains.

— Et j'ai aimé ça. Laisse-moi te donner quelque chose en retour. Laisse-moi t'aider.

— Comment ? murmura-t-elle en le regardant droit dans les yeux.

— Je peux te transformer en vampire. Cela éradiquera toute maladie. Tu seras immortelle, sans aucune douleur.

— Immortelle ? Et comment vivrai-je ? Dans le noir ? À boire du sang ?

Ses lèvres tremblèrent.

— Le noir peut être beau.

Il désigna la canopée d'étoiles dans le ciel.

— Même dans le noir, il y a de la lumière, de la beauté, ajouta-t-il.

— Et le sang ? murmura-t-elle.

— Il y a différentes façons de procéder. Tu n'aurais pas à te nourrir directement à la source si tu ne le veux pas. Quoique tu puisses finir par aimer ça. Mais, dans le cas contraire, il y a toujours des banques de sang.

Analysant visiblement ses paroles, elle le regarda longuement.

— Je suis effrayée.

Jake tendit la main vers elle et, de la jointure des doigts, lui caressa la joue.

— Je sais. Mais je serai là pour toi.

Lentement, elle rapprocha la tête.

— Pourquoi ferais-tu cela pour moi ? N'es-tu pas venu ici pour faire un vœu, toi aussi ?

Il sourit.

— Sais-tu ce que je souhaitais ?

Elle secoua la tête.

— Redevenir mortel.

Il soupira avant de poursuivre.

— Mais, maintenant, je comprends que ce n'était pas ce que je souhaitais le plus. Ce n'était pas la mortalité que je voulais.

— Comment le sais-tu ?

— Je le sais parce que ce que je désire le plus, je le tiens dans mes bras, à l'instant même. Maintenant, je sais que j'ai été attiré sur cette île pour pouvoir te rencontrer et exaucer ton vœu.

— La source fonctionne vraiment, alors ?

Il l'embrassa.

— Oui. Mais seulement pour ceux qui sont prêts à ouvrir les yeux et faire confiance à l'impossible. Alors, Claire, me fais-tu confiance afin que je puisse te donner une seconde vie ?

Lentement, elle acquiesça d'un hochement de tête.

— Je te fais confiance. Je ne sais pas pourquoi, mais c'est le cas.

— Ça ne te fera aucun mal, lui promit-il. Je vais te drainer de ton sang et, au dernier battement de ton cœur, je te nourrirai avec le mien. Quand tu te réveilleras, tu seras comme moi, une créature de la nuit.

— Et si ça ne fonctionne pas ?

— Je te promets que ça marchera.

Elle déglutit, et sa voix trembla lorsqu'elle prononça les mots suivants.

— Seras-tu là quand je me réveillerai ?

Ses yeux scintillaient d'espoir.

— Claire, je veux une vie avec toi. Si tu le veux également, je serai éternellement là pour toi, en tant qu'amant. Si tu ne le veux pas, je serai à tes côtés en tant qu'ami. Le choix t'appartient.

Il n'y eut aucune hésitation dans sa voix lorsqu'elle lui répondit.

— Mords-moi, mon amant.

Elle ferma les yeux et murmura à nouveau.

— Mon amant, pour l'éternité.

Le cœur bondissant de joie, Jake baissa les lèvres vers le cou de Claire, et ses canines lui percèrent la peau. Il téta la veine bien dodue et sentit Claire frissonner. Afin de lui garantir qu'elle serait en sécurité, il la caressa tendrement et lui envoya ses pensées.

Doucement, chérie. Bientôt, tout ira bien. Fais-moi confiance. Je te protègerai.

Au plus il lui prenait du sang, au plus le rythme cardiaque de Claire ralentissait. Quant à ses propres battements de cœur, ils se mirent à accélérer. Il n'avait plus transformé d'humains depuis longtemps, et le processus n'était pas sans risque. S'il lui donnait son sang trop tôt, la transformation n'aurait pas lieu, et elle mourrait dans d'atroces souffrances. D'un autre côté, s'il attendait trop longtemps, elle mourrait également. Ce serait toutefois comme si elle s'endormait, tout simplement. Aucun de ces deux scenarios n'était envisageable. Il fallait que Claire vécût. Il le lui avait promis.

Je te protègerai, répéta-t-il une fois de plus en ôtant ses canines de son cou.

Il perça ensuite son propre poignet. Du sang s'en écoula.

— Maintenant, se murmura-t-il.

6

L'obscurité se dissipa, laissant place à la chaleur et la clarté. Quoiqu'incertaine quant à la provenance de cette source de lumière, Claire put la sentir briller sur ses paupières closes. Autour d'elle, tout n'était que douceur. Ses oreilles perçurent différents bruits, certains étant distants, d'autres proches. Ses gencives la démangèrent et, involontairement, elle grinça des dents.

Le brouillard, son compagnon de tous les instants tout au long de cette année, et la douleur qui avait projeté une ombre sur sa vie avaient disparu. En lieu et place, elle ressentait une certaine force et un certain pouvoir, une énergie qui semblait irréelle. Elle ne s'était jamais sentie de la sorte, même avant sa maladie.

— Claire.

L'écho de son nom lui parvint. Comme si quelqu'un l'appelait afin de la faire quitter ce beau monde onirique dans lequel elle se trouvait. Elle ne voulut pas l'entendre, car elle ne souhaitait pas quitter cet endroit où elle ne ressentait plus aucune douleur.

— Claire, reste avec moi.

Elle reconnut cette voix. La voix de Jake. Son amant de la nuit précédente. Un étranger, et pourtant, elle ne s'était jamais sentie aussi proche de quelqu'un.

Elle entrouvrit les lèvres pour parler, et ce ne fut qu'à cet instant qu'elle réalisa qu'elle n'avait pas respiré. L'air se précipita dans ses poumons, les remplissant, les gonflant. Un halètement s'échappa lors de sa première expiration. Ses yeux s'ouvrirent au même moment. Tandis qu'elle tentait d'ajuster sa vision, les souvenirs refirent surface. Ceux de son corps en train d'être drainé de son sang, de ses battements de cœur en train de ralentir. Les souvenirs d'un retour à une nouvelle vie. Une seconde chance.

— Je suis vivante, murmura-t-elle en regardant tout autour d'elle.

Elle n'était plus à la plage. Elle était étendue sur un lit, nue sous les draps. Les volets de la fenêtre étaient fermés, mais elle put dire qu'à l'extérieur, il faisait jour.

Jake était assis au bord du lit.

— Oui, vivante et immortelle.

Ses yeux d'un bleu incroyable la fixèrent, ses lèvres se recourbant en un sourire.

— Je t'ai amenée dans ma chambre.

Il balaya doucement une mèche de cheveux de son front.

— Je t'ai déshabillée et t'ai donné un bain. Tu étais trempée.

Il désigna son propre torse dénudé et la serviette enroulée autour de la partie inférieure de son corps.

— Tout comme moi, ajouta-t-il.

Elle opina de la tête et souleva une main pour lui toucher la poitrine. Sous ses doigts, des étincelles semblèrent s'enflammer. Surprise, son regard rencontra celui de Jake.

— Tu sembles différent.

Il lui captura la main et la pressa là où son cœur battait, régulier et fort.

— Tous tes sens sont plus prononcés, maintenant. Tout ce que tu touches semble plus réel, plus intense. Tout ce que tu vois est plus net, les couleurs plus éclatantes. Ton odorat est plus fin que celui de n'importe quel animal, ton ouïe est plus sensible que jamais.

Elle pouvait ressentir tout ce qu'il décrivait. Et davantage. Lentement, elle laissa courir la main le long de son torse, jusqu'à ce que ses doigts vinssent effleurer la serviette.

— Et mon appétit pour le sexe ?

Jake se pencha plus près, un sourire séducteur se formant sur ses lèvres.

— Plus insatiable que tu ne puisses l'imaginer.

Il lui fit un clin d'œil.

— Mais je serai heureux de rendre service, ajouta-t-il.

Il lui prit la main et la pressa contre la serviette. Par-dessous celle-ci, Claire sentit le dur contour de sa verge.

— Mmm.

Elle serra l'érection et sentit son clitoris vibrer en réaction.

— J'ai besoin de te sentir.

Elle se lécha les lèvres et, au même moment, sentit ses gencives la démanger. Prenant une rapide respiration, elle ouvrit plus grand la bouche. Elle sentit ses canines émerger.

— C'est beau.

Les yeux de Jake s'assombrirent et, de l'index, il caressa les lèvres de Claire avant de le frotter contre une canine.

Une décharge d'énergie la percuta, et elle haleta. Jamais elle n'avait ressenti quelque chose d'aussi intense que la caresse de Jake à cet endroit.

— Oh Dieu ! Qu'est-ce qui se passe ?

Il se rapprocha, les lèvres à présent à quelques centimètres de sa bouche.

— Les canines sont la zone la plus érogène chez un vampire. Te toucher ou te lécher à cet endroit aura le même effet sur toi que si je te touchais ou te léchais la chatte. Je peux te faire jouir rien qu'en te léchant les canines.

Et à en juger par la lueur qui brillait dans ses yeux, c'était juste ce qu'il voulait faire.

Cette idée excita Claire, inonda son esprit de toutes sortes de pensées dévergondées. Était-ce cela que d'être un vampire ? Être guidé par ses désirs, ses instincts les plus bas ? Plus d'un pointaient à présent déjà dans sa tête. Elle déglutit avec difficulté.

— J'ai…

Elle ne sut pas comment exprimer ce dont elle avait besoin.

— Soif ? Je sais. C'est naturel. J'ai du sang humain pour toi.

Il désigna un sac dans un des coins de la chambre.

— Mais d'abord…

Il suspendit son regard à celui de Claire.

— … je veux que le premier sang que tu boiras soit le mien. Je veux que tu te rappelles de ta première morsure comme de quelque chose de beau.

Elle écarquilla les yeux.

— *Te* mordre ? Un autre vampire ?

— Oui. C'est courant entre amants. Cela intensifie le plaisir. Et tu me voulais comme amant, pas vrai ? Ou as-tu changé d'avis ?

Une lueur d'incertitude apparut dans l'hypnotisant regard de Jake.

Elle se hâta de dissiper ses doutes en lui enrobant la joue dans la paume de sa main.

— Je te veux.

Elle baissa le regard sur l'artère qui pulsait dans le cou de Jake et y laissa courir le doigt. Que ressentirait-elle en le mordant et en buvant son sang ?

Une seconde plus tard, il jeta la serviette à terre, exposant ainsi son sexe en érection, et souleva la couette. Il laissa courir ses yeux sur le corps dénudé de Claire, et l'admiration et le désir qu'elle put lire en eux firent battre son cœur plus rapidement. Elle tendit la main vers lui pour l'attirer vers elle.

Surprise par sa propre force, elle sourit.

— Je pense que je vais aimer ça.

Tendrement, il lui caressa le cou, laissant traîner les doigts le long de la veine pulsante.

— Tout comme moi. Maintenant que tu es aussi forte que moi, je ne devrai plus prendre garde à ne pas te blesser. Quand je t'ai prise sur la plage, l'autre nuit, j'ai dû me retenir.

— Je n'ai pas eu cette impression.

Jake gloussa.

— Tu n'as encore rien vu.

À l'idée de faire l'amour à Jake, elle sentit un frisson la parcourir, tandis que des papillons semblaient tourbillonner dans son ventre.

— Montre-moi, alors. Je veux tout expérimenter. Maintenant, je veux tout vivre pleinement. Sans retenue.

— Tout ce que tu voudras, chérie.

Il poussa doucement son sexe contre le centre de sa féminité. Le contact de la dure chair masculine contre la douce chair féminine fut plus électrifiant que la première fois. Chaque terminaison nerveuse du corps de Claire semblait être en alerte, renvoyant des impressions à son cerveau, des sensations si intenses qu'elle put à peine croire qu'elle en était à l'origine.

Claire écarta davantage les jambes, lui procurant davantage d'espace pour le recevoir. Il ne perdit pas de temps et plongea en elle. Appréciant la façon dont il la pénétrait, elle accueillit cette percutante invasion par un gémissement. Alors qu'elle avait toujours été du genre à apprécier des ébats lents et doux, elle avait le sentiment qu'elle serait très rapidement accro au sexe sauvage et passionné que Jake lui promettait.

Il n'y avait rien d'hésitant ou de lent dans la façon dont il s'enfouissait en elle en l'empalant avec son membre. Fortement et profondément. Puissamment et rapidement. Implacablement. Elle enroula les jambes autour de lui, bloqua ses chevilles sous son postérieur et, à chaque fois qu'il s'enfonça en elle, elle l'attira plus profondément en exigeant qu'il lui en donnât davantage.

Le contour des iris rouge et une lueur orange se répandant dans ses yeux, Jake épingla Claire du regard. Il avait les lèvres entrouvertes, laissant apparaître les pointes de ses canines et, par Dieu, cette vision excita sa partenaire. Il était à présent complètement vampire. Puissant, immortel et tout à elle.

— Mords-moi, murmura-t-il en inclinant la tête sur le côté tout en amenant le cou vers les lèvres de Claire. Goûte-moi.

Il grogna en s'enfonçant plus fortement en elle.

— Et tantôt, ajouta-t-il, quand tes orgasmes t'auront épuisée, je comblerai ta jolie bouche.

Cette image érotique brisa net la dernière once de self-control de Claire. Ses canines s'allongèrent sur toute leur longueur et, même si elle l'avait voulu, elle n'aurait pas pu mettre un terme à ce qu'elle s'apprêtait à faire. Elle plaça les canines au confluent du cou et de l'épaule et lécha la peau scintillante. Le goût salé ne fit qu'intensifier sa soif et, des pointes affûtées, elle perça la veine en venant les loger profondément dans la chair. Si Jake tentait de se retirer, ses canines tranchantes lui arracheraient la chair, mais il ne recula pas. Il plongea plutôt son sexe plus en profondeur, tandis qu'elle puisait sur sa veine et goûtait au précieux liquide, pour la première fois en toute conscience. Quoiqu'il l'eût transformée en lui donnant son sang, elle n'en avait aucun souvenir.

C'était la première fois qu'elle le goûtait réellement. Son sang était riche et épais ; sa saveur envoya un frisson dans chacune des cellules de son corps, réveillant ainsi tout ce qui était féminin et vampire en elle. Elle suça plus fort, désirant davantage de cet élixir addictif qu'il offrait si librement.

— Putain ! dit-il, les dents serrées.

Il frissonna.

— C'est trop bon ! ajouta-t-il.

Elle le sentit se contracter en elle, l'inondant de son essence mais, pourtant, il ne ralentit toujours pas, ne stoppa pas ses coups implacables. Il changea d'angle et continua, son sexe juste aussi dur qu'avant son orgasme, tandis qu'elle avalait son sang et le laissait s'infiltrer dans son corps en envoyant des picotements à travers toutes ses cellules.

L'orgasme de Claire arriva sans préambule, la heurtant tout simplement de nulle part et l'engloutissant telle la vague d'un océan. Haletante, elle ôta les canines du cou de Jake et se rapprocha de lui.

— Oui, c'est ça, chérie ! la félicita-t-il en la pénétrant encore plusieurs fois avant de se retirer.

Avant que la déception liée à cette fin abrupte de leurs ébats n'eût le temps de se profiler, il la retourna sur le ventre et souleva son postérieur. Une seconde plus tard, il se retrouva de nouveau en elle, son sexe incroyablement dur la prenant par derrière.

Elle cria de plaisir et de surprise.

— Jake !

— Je t'avais dit que je ne me retiendrais pas.

Il lui agrippa fermement les hanches et vint se claquer contre elle.

— Mais tu as déjà joui, parvint-elle à dire en se soulevant sur les coudes.

— J'ai bu une grande quantité de ton sang. Je vais bander pendant longtemps, peu importe le nombre de mes orgasmes.

Cette révélation intensifia le feu qui brûlait dans le ventre de Claire. Son amant de vampire lui ferait l'amour jusqu'à ce que tous deux ne pussent plus bouger un membre. Et, à l'instant présent, il la prenait si fortement en la labourant par l'arrière, qu'une femme humaine aurait hurlé à l'agonie. Et pourtant, elle, Claire Culver, vampire fraîchement transformé, accueillait chaque poussée de ce sexe si dur dans la douceur de son intimité. Au plus Jake lui en donnait, au plus elle en brûlait d'envie.

— Baise-moi, Jake, cria-t-elle, se souciant peu que quelqu'un pût les entendre dans l'auberge.

Il s'enfouit en elle en la tenant si fermement qu''elle n'aurait pu lui échapper malgré sa toute nouvelle force de vampire.

— Tu as aimé mon sang ? demanda-t-il, à bout de souffle, sa voix n'étant à présent plus qu'un simple grognement.

— J'ai adoré.

C'était la vérité.

— Bien.

Comme s'il voulait la remercier pour cette réponse, il glissa la main vers l'entrée de son intimité et y trouva le clitoris avec une infaillible précision. Il frotta son doigt humide par-dessus celui-ci, une fois, deux fois, et Claire entra à nouveau en éruption. Un orgasme plus puissant que le premier l'envahit. Jake frissonna en même temps, répandant davantage de sa semence en elle, lubrifiant encore plus son canal intime.

— Putain, ouais ! grogna-t-il tout en ralentissant, tandis que le centre de la féminité de Claire frémissait encore sous l'effet du contrecoup.

~ ~ ~

Tremblant toujours des suites de son deuxième orgasme, Jake s'extirpa du fourreau de Claire. Il ne pouvait se rassasier d'elle. Mais il ne voulait pas la terrasser non plus. Il devait s'assurer qu'elle voulait réellement ceci, qu'elle aimait vraiment être chevauchée de la sorte. Après tout, elle n'aurait nullement pu deviner à quel point il était sauvage au lit et à quel point il était insatiable.

Doucement, il la retourna sur le dos. Les yeux de Claire brillaient de satisfaction, son cœur battait à toute vitesse, et sa peau luisait de sueur. Elle tendit les mains vers lui. Il se pencha vers elle et l'embrassa, tout d'abord tendrement mais, en quelques secondes, le baiser devint passionné. En un gémissement, il arracha les lèvres des siennes.

— Bon Dieu, Claire, tu me rends fou.

Il se passa une main à travers ses cheveux humides et lança la tête en arrière.

— Les choses que je veux te faire..., poursuivit-il, la façon dont je veux te prendre, te faire mienne…

Il soupira.

— Si tu ne m'arrêtes pas, je vais te prendre de toutes les façons que je le peux. Et je le pense, *de toutes*. Alors, tu ferais mieux de freiner, ou je ne peux garantir ce qui se passera.

Les yeux de Claire commencèrent à rougeoyer. Parbleu, elle était entièrement vampire, de part en part. Prisonnière de son insatiable envie de sexe. C'était lui qui avait causé cela. Mais en avait-elle réellement voulu ? L'avait-elle vraiment choisi ?

Elle ouvrit les yeux plus grand, ses cils venant s'écraser contre ses sourcils, un geste si séduisant que cela coupa le souffle de Jake. Elle laissa émerger sa langue et se lécha la lèvre inférieure. Elle savait exactement comment lui donner envie. Le provoquer.

— Cette nuit-là, à la plage, murmura-t-elle en laissant glisser une main sur le postérieur de Jake. Quand tu m'as mordue en me faisant l'amour, la deuxième fois, j'ai pu ressentir que tu voulais me prendre plus fort, mais que tu t'es retenu.

— Tu m'avais rendu si sauvage, ton sang… il n'a fait qu'augmenter mon désir pour toi.

— C'était bon. Le tout. La morsure ; ton sexe en moi ; ressentir que tu me voulais.

— Je te veux toujours. Encore plus maintenant.

— Alors, prends-moi de toutes les façons que tu veux, car je veux la même chose. Je veux tout expérimenter avec toi. Aucune retenue.

— Une femme comme je les aime.

Il s'écarta d'elle et sortit du lit en l'emmenant avec lui.

— Que fais-tu ?

Il la conduisit vers la salle de bain.

— Je veux prendre ma douche avec toi et, ensuite, je veux que tu te mettes à genoux devant moi et que tu me suces comme si c'était la meilleure chose que tu aies jamais eue.

Lorsque les yeux de Claire commencèrent à briller de la façon dont seuls les yeux des vampires brillaient, le cœur de Jake bondit de joie.

— À une seule condition.

Il se figea.

— Condition ?

Il n'était pas habitué à ce qu'une femme formulât des exigences.

Claire colla son corps pulpeux contre le sien et amena la bouche à son oreille.

— Ne sors pas avant que je n'en aie fini avec toi. Je ne veux pas perdre la moindre goutte.

Il la coinça entre son corps et le cadre de la porte.

— Dieu, femme ! Qu'essaies-tu de me faire ?

— Je veux juste te satisfaire.

Tout en la soulevant et faisant glisser son sexe en elle, il déposa sa bouche affamée sur la sienne, la réduisant au silence de sorte qu'elle ne pût plus prononcer la moindre parole de séduction. Il la prit juste là, contre le mur, jusqu'à ce qu'un autre orgasme l'eût suffisamment calmé pour ensuite poursuivre son plan original : observer Claire s'agenouiller devant lui et prendre son sexe dans sa jolie bouche, pendant qu'il irait et viendrait, la faisant sienne, complètement.

7

Trois mois plus tard – New York City

Jake jura et claqua le type contre le mur à côté de la benne à ordures. Du coin de l'œil, il remarqua la façon dont sa partenaire s'appliquait à prendre soin de la jeune femme que cet homme avait attaquée dans le but évident de la violer.

À chaque fois que Claire et lui erraient, la nuit, dans les rues de Manhattan, une éternelle réserve de criminels semblait y traîner. Mais bien qu'il eût tout d'abord juré de ne pas s'impliquer dans les problèmes des humains, un simple regard vers le visage implorant de Claire, et il savait qu'il ne pouvait rien lui refuser. Dieu, comme il avait fini par aimer cette femme. Il était temps de lui dire à quel point.

— Tu sais que nous devons les aider. Si nous ne le faisons pas, qui le fera ? avait-elle dit peu après leur arrivée à New York, lorsqu'ils étaient tombés sur un homme en train de dépouiller un couple de personnes âgées sous la menace d'un pistolet.

Qui, en effet ?

Il avait donc cédé. Et c'était à contrecœur qu'il avait dû reconnaître qu'il aimait aider les gens, sauver ceux qui ne pouvaient se défendre eux-mêmes. Et plus Claire et lui sauvaient d'humains, plus il semblait retrouver son humanité. La bonté du cœur de Claire était contagieuse, et elle l'avait clairement infecté. Quoiqu'il fût hors de question de l'admettre à quiconque. Après tout, qui avait jamais entendu parler d'un gentil vampire ?

— Elle est blessée, l'avertit Claire, tandis qu'elle tentait de calmer la femme apeurée.

— Guéris-la.

Pendant ce temps, il s'occuperait de ce pauvre type, lequel se relevait et se retournait, fin prêt, les poings serrés. Jake grogna de satisfaction. Il aimait battre les trous du cul et, lorsque ceux-ci tentaient de se défendre, c'était encore plus amusant. La plupart du temps, il n'avait même pas besoin de ses pouvoirs pour les punir. Il tirait davantage de satisfaction lorsqu'il échangeait des coups de poings et de pieds avec ses opposants en leur laissant croire, ne fût-ce qu'un instant, qu'ils étaient de force égale.

Jake claqua son poing dans le visage du gars et entendit les os de son nez se briser. Un cri de douleur fit écho dans la nuit, et l'odeur du sang imprégna l'air de la sombre allée. Involontairement, ses canines s'allongèrent, et il ne prit pas la peine de les cacher à l'humain. Ce con méritait de ressentir la peur.

Il regarda furieusement son adversaire, retroussant les lèvres sur ses gencives afin de le gratifier d'une meilleure vue sur ses canines meurtrières.

— Putain ! dit l'homme, d'une voix rauque en chancelant vers l'arrière.

Jake inclina la tête sur le côté.

— Ouais, tu peux le dire.

Lentement, il parcourut la distance qui les séparait, mut le bras vers l'arrière, puis expédia un coup dans l'estomac du gars, le faisant presque se plier en deux.

— Non ! S'il te plaît. Ne me tue pas !

Il n'avait nullement l'intention de le tuer. Ce ne serait pas un châtiment digne de ce qu'il avait fait à la jeune femme. La façon dont il l'avait terrifiée.

Jake poussa le gars contre le mur et amena son visage à quelques centimètres du sien, les canines allongées.

— Pas ce soir. Mais si tu touches une autre femme, si tu ne fais même qu'en regarder une, je te massacre.

Il grogna férocement avant de faire une pause dans le but de laisser le bruit ricocher contre les murs.

— Je vais te surveiller, poursuivit-il. Tu ne seras à l'abri nulle part. Sache-le. Un faux mouvement, et je te chasserai comme un animal.

L'homme se mit à trembler de peur. Jake put presque en percevoir l'odeur.

— Tu comprends ?

Claquant des dents, le malfrat parvint à opiner de la tête.

— Bien. Et comme cadeau d'adieu…

Jake cogna ce méprisable humain, lui brisant la mâchoire et lui ensanglantant les yeux avant de le balancer d'un coup de pied vers la sortie de l'allée.

— Cours, si tu veux vivre.

Il observa, avec satisfaction, l'agresseur tituber en direction de la rue suivante. Lorsqu'il bifurqua, Jake rétracta ses canines. Il se retourna et rejoignit Claire, laquelle était toujours occupée à soigner la jeune femme.

Il s'accroupit à côté d'elles et évalua rapidement les blessures de l'humaine. Elle présentait des lacérations sur les bras et les mains, de même que sur le cou et le visage. Mais elles n'étaient pas profondes. De toute évidence, le choc dû à la peur représentait le plus gros problème.

Mais, visiblement, Claire s'en était déjà chargée, car les yeux de la victime ne semblaient concentrés sur rien, comme si elle était en transe.

— Tu utilises le contrôle de l'esprit ?

Claire le regarda pendant un instant.

— Tout comme tu me l'as appris. Ses blessures ne sont pas graves, mais je ne veux pas qu'elle se souvienne de ça.

Jake hocha la tête.

— Je suis d'accord.

Claire regarda de nouveau la femme et se concentra sur elle. Il l'observa, remarquant à quel point elle était calme et sûre d'elle. Tandis qu'elle envoyait ses pensées dans l'esprit de la blessée, lui effaçant ainsi le souvenir de l'attaque, Jake vit que les ongles de Claire se transformaient en griffes. De belles griffes meurtrières. Celles avec lesquelles elle lui laissait de profondes coupures dans le dos à chaque fois qu'ils faisaient l'amour. Rien qu'à y penser, il se mit à bander.

— Elle est prête, annonça Claire tout en piquant une griffe dans la pulpe de son index. Elle amena ensuite le doigt ensanglanté aux lèvres de la jeune femme et la fit boire.

Tandis qu'elle nourrissait l'humaine de sang de vampire, elle regarda par-dessus son épaule.

— Je suis toujours fascinée par le pouvoir de guérison de notre sang. Tu imagines le nombre de maladies et de blessures que nous pourrions soigner ?

Jake secoua légèrement la tête. Il laissa le soin à Claire d'être le bon samaritain.

— Si les humains avaient connaissance de notre existence et des capacités qu'offre notre sang, ils nous pourchasseraient jusqu'au bout du monde.

Claire désigna la sortie de l'allée.

— Tu n'as pas effacé la mémoire de cet homme. Qu'est-ce qui te fait penser qu'il ne racontera à personne qu'il a été attaqué par un vampire ?

— Il est trop occupé à se pisser dessus et à regarder par-dessus son épaule pour souffler mot de ce qui s'est passé ici ce soir. Je connais son genre. Attaquer les faibles. Il ne parlera pas.

— Non, en effet. Je m'en suis assuré.

Jake se redressa en un bond tout en faisant volte-face, la main déjà dans sa veste afin d'y extirper son pieu. Une poussée d'adrénaline le submergea, l'homme qui avait parlé étant incontestablement un vampire.

Sa silhouette se profilant dans les lumières émanant de la rue principale, l'étranger se tenait à l'entrée de l'allée. Instinctivement, Jake se prépara. Protéger Claire n'était pas son unique responsabilité : il devait également veiller sur la jeune humaine à qui ils prodiguaient des soins temporaires.

L'inconnu se dirigea vers lui à pas réguliers. Tandis qu'il se rapprochait, Jake ajusta sa position, se préparant au combat. Et il y aurait incontestablement un combat. Car maintenant qu'il pouvait voir son visage, il sut que cet homme n'était pas une chiffe molle : alors que les longs cheveux marron foncé resserrés dans une queue de cheval auraient pu donner l'impression qu'il était un mec décontracté, la longue cicatrice qui courait de son oreille gauche à son menton en conférait une tout autre. Ce vampire ne craindrait pas un combat : sa balafre suggérait qu'il avait même combattu férocement durant sa vie humaine.

— Mets la femme en sécurité, Claire, murmura-t-il en tournant légèrement la tête.

Mais Claire s'était déjà redressée en un bond.

— Je ne te quitte pas d'une semelle.

— Bon sang, fais ce que je dis.

— Je propose qu'elle reste où elle est. L'humaine aussi, dit le vampire qui arrivait vers eux en écartant les bras. Mes amis peuvent s'occuper d'elle.

Deux autres hommes apparurent derrière lui et se dirigèrent vers eux.

— Merde ! jura Jake.

Il aurait pu battre celui qui avait la cicatrice, mais deux de plus ? S'il avait été seul, il n'aurait pas hésité, mais il devait prendre en compte la sécurité de Claire, de même que celle de l'humaine.

Il souleva le menton.

— Tes amis et toi avez tué l'humain ?

Le vampire balafré ricana, sa lèvre se recourbant d'un côté.

— Ai-je l'air de tuer pour le plaisir ?

— Effectivement.

Tout comme les deux autres dont il pouvait à présent distinguer nettement le visage. Tous deux étaient grands. Alors que celui sur la gauche était maigre et chauve, son visage arborant un sourire sarcastique, l'autre était bâti comme un char d'assaut et portait les cheveux longs jusqu'aux épaules.

— Gabriel, tu ne devrais pas poser de telles questions. Tu ne fais qu'affoler le gars, dit l'armoire à glace en gloussant.

Gabriel, le balafré, lança rapidement un regard par-dessus l'épaule.

— Ferme-la, Amaury. Mettons-nous au boulot.

— Je m'occupe de l'humaine, proposa le chauve.

Amaury, le malabar, haussa un sourcil.

— Vraiment, Zane ? demanda-t-il en souriant et en secouant la tête. Tu vas juste lui foutre la trouille. Tu n'as aucune sensibilité lorsqu'il s'agit des femmes. Je suis meilleur que toi pour ça.

— Personne ne touche l'humaine, grogna Jake en faisant un pas en direction des trois hommes. Elle est sous ma protection.

— Et sous la mienne ! annonça Claire, au coude à coude avec lui.

— Bon sang, Claire !

Cette femme ne pouvait-elle, pour une fois, obéir et se mettre à l'abri comme il le lui avait demandé ?

— Apparemment, il ne sait même pas contrôler sa propre femme, commenta Zane, le chauve. Tu es sûr, Gabriel ?

— Certain.

Gabriel laissa courir le regard sur Claire avant de se retourner vers Jake.

— On nettoie derrière toi depuis des nuits, ajouta-t-il.

— Vous nettoyez ? Tu veux dire que vous tuez les criminels à qui j'ai donné une leçon ?

— Je n'ai pas dit ça.

Gabriel, qui était visiblement le chef, échangea des regards avec ses deux acolytes.

— Puisque tu n'as pas trouvé nécessaire d'effacer leur mémoire, je l'ai fait pour toi, poursuivit-il. Et ça devient un peu agaçant. Alors, nous avons pensé que nous devrions te trouver et t'emmener. Te mettre au courant des règles.

— M'emmener ?

Les mâchoires de Jake se crispèrent, affichant une sombre mine.

— Il faudra passer sur mes putains de cendres, ajouta-t-il.

— Décidément obstiné, balança Amaury. Je l'aime bien.

Le front plissé, Jake lui lança un regard.

— Ouais, eh bien moi, je ne t'aime pas. Aucun de vous.

— Comme c'est dommage, grogna Zane. Et dire que je pensais que nous pourrions être les meilleurs potes.

— Peu probable !

Il douta que Zane fût capable d'amitié. Le type semblait incarner le mal à l'état pur.

— Peut-être est-on parti sur de mauvaises bases, dit calmement Gabriel. Je pense que les présentations sont de rigueur. Je suis Gabriel Giles.

Il désigna ensuite l'armoire à glace et le chauve.

— Et voici mes collègues, Amaury et Zane. Nous sommes gardes du corps.

— Gardes du corps ? Vous vous foutez de moi.

Qui avait jamais entendu parler de vampires gardes du corps ?

Gabriel hocha la tête.

— Nous travaillons pour une compagnie appelée Scanguards.

Jake haussa les épaules.

— Jamais entendu parler.

— C'est normal. Nous ne faisons pas vraiment de publicité pour nos services.

— Que voulez-vous ? demanda Jake, s'impatientant.

Gabriel inclina la tête en direction de l'humaine. Instantanément, Jake souleva une main, agrippa plus fermement le pieu et grogna.

— Impulsif, lança Zane. J'aime ça.

Gabriel ignora le commentaire de son collègue et, de la main, fit un geste réconfortant.

— Tu ne me comprends pas. Je ne veux pas l'humaine. Mais j'aime le fait que tu la protèges. Tout comme ta femme et toi avez aidé les autres humains. C'est pour ça que je veux te parler.

— C'est un piège, n'est-ce pas ? Tu veux m'amadouer pour pouvoir nous tuer, Claire, moi, et ensuite la femme.

Gabriel secoua la tête.

— Pas très fute-fute, grogna Zane.

Gabriel lui lança un regard agacé.

— Tu n'aides pas, Zane.

— Je ne pensais pas être supposé le faire.

— Excuse mon associé, dit Gabriel à l'intention de Jake. J'ai peur que Zane ait du mal à accepter les nouvelles personnes que nous voulons engager dans la compagnie.

Avait-il bien entendu ?

— Engager ?

— Oui. Le nombre de gardes du corps que nous avons actuellement ne nous permet plus de traiter la charge de travail grandissante. Notre patron, Samson, nous a chargés de recruter plus de vampires ayant la même vision des choses que nous.

Cela pouvait-il être réel ?

— La même vision des choses ? se surprit à se demander Jake.

Amaury gratifia Gabriel d'une tape sur l'épaule en souriant.

— Ouais, tu vois, des vampires en peluche, doux comme nous… qui s'assurent que le crime ne devienne pas incontrôlable, dit-il en désignant Zane et Gabriel. Nous avons besoin de gars pour nous aider à protéger les innocents.

Il marqua une pause.

— Et ça paie bien également, ajouta-t-il.

Jake échangea un regard avec Claire, laquelle semblait aussi surprise que lui, puis dévisagea à nouveau les trois vampires.

— Vous êtes ici pour me recruter ?

Gabriel hocha la tête.

— Tu veux le job ? Tu serais payé pour ce que, de toute évidence, tu fais déjà. Patrouiller dans les rues de Manhattan et protéger les innocents. Il y aura également d'autres missions. Nous travaillons pour des politiciens, des célébrités, quiconque peut se permettre nos services.

Ceci résonnait de mieux en mieux. Il saisit la main de Claire tout en la regardant.

— Je travaille en équipe.

— Tu feras équipe avec quelqu'un, le rassura Gabriel.

— Claire est ma partenaire. Nous formons un lot. Vous m'engagez. Vous l'engagez.

— Rien que parce qu'elle est ta maîtresse—

— Elle est la femme que j'aime, l'interrompit Jake.

Le vampire balafré échangea un regard avec ses deux associés, tandis que Claire lui tirait la main afin qu'il la regardât dans les yeux.

— Tu m'aimes ? murmura-t-elle.

Il se pencha plus près.

— Plus que ma propre vie. Et il y a très longtemps que j'aurais dû te le dire.

Soudain, les bras de sa bien-aimée se retrouvèrent autour de son cou, et ses lèvres vinrent frôler les siennes.

— Je t'aime, Jake.

Il captura ses lèvres en un baiser passionné.

— Eh bien, c'est tout simplement super, ronchonna Zane. Tu sais, Gabriel, si tu t'obstines à les engager tous les deux, tu vas devoir établir une règle qui interdise de s'embrasser pendant le boulot.

Jake relâcha les lèvres de Claire et se retourna sur les trois hommes de Scanguards.

Gabriel rencontra son regard.

— OK, vous avez tous les deux un boulot chez nous, mais il y aura des règles. Compris ?

— Compris.

— Bien, alors remettons l'humaine sur le droit chemin, et nous vous emmènerons au quartier général de Scanguards afin de vous présenter à Samson.

La main tendue, Gabriel se rapprocha d'eux en plusieurs longues enjambées.

— Bienvenue chez Scanguards, Jake.

Il lui serra la main en retour. À présent, tout était parfait dans sa vie. Claire l'aimait, et il l'aimait. Et maintenant, il ferait partie d'un groupe de vampires qui avaient décidé de faire le bien.

Que pouvait-il y avoir de mieux que cela ?

~ ~ ~

À PROPOS DE L'AUTEUR

De nationalité allemande, Tina Folsom vit depuis plus de 25 ans dans des pays anglophones. Elle a d'ailleurs épousé un Américain et s'est établie aux États Unis en 2002.

Tina a toujours été un peu globe-trotter et a vécu dans nombre de différentes contrées: après avoir habité à Lausanne, en Suisse (où elle a appris le français), elle a brièvement travaillé sur un bateau de croisière en Méditerranée. Elle a ensuite passé une année à Munich avant de partir s'installer à Londres, où elle a suivi une formation de comptable. Cependant, au bout de 8 ans, l'air du large l'a poussée à quitter l'Angleterre pour se rendre de l'autre côté de l'Atlantique.

A New York, elle a fréquenté pendant un an la célèbre école de théâtre de l'American Academy of Dramatic Arts. Elle s'est ensuite envolée vers Los Angeles où, une année durant, elle a étudié l'écriture de scénarii à l'UCLA. C'est également à Los Angeles qu'elle a rencontré son mari, lui-même installé à San Francisco. Trois mois plus tard, elle déménageait dans la «Ville de la Baie».

Elle y a d'abord travaillé en tant que comptable et conseillère fiscale et a, en outre, ouvert son propre cabinet. Cependant, sa profession ne la rendait pas complètement heureuse. Accessoirement, elle a créé sa propre agence immobilière et est restée active dans ce domaine pendant un certain temps. L'écriture lui manquait toutefois énormément ! C'est pourquoi, à l'automne 2008, elle a renoué avec cette activité et rédigé son premier roman d'amour.

Elle a toujours été attirée par les vampires. Depuis 2008, elle a publié plus de 42 livres en anglais et trois douzaines dans d'autres langues (français, allemand et espagnol). De plus, elle fait actuellement traduire l'ensemble de ses livres en français.

Tina apprécie recevoir des commentaires de ses lecteurs. Pour cela, vous pouvez lui écrire à l'adresse électronique suivante: tina@tinawritesromance.com.

Vous pouvez également la contacter via Facebook: facebook.com/TinaFolsomFans ou Twitter: @Tina_Folsom.

Enfin, vous pouvez visiter son site Internet tinawritesromance.com afin de vous tenir au courant des nouveautés.